每天學1句生活日語會話

林亭瑜、林武明
陳美惠、黃麗芬　編著

書泉出版社　印行

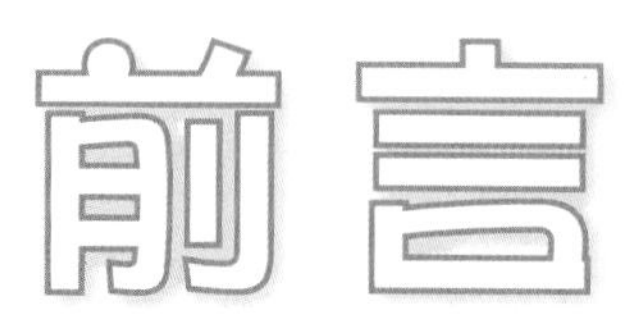

前言

台灣與日本在經貿關係上不僅密切，其文化互動更是頻繁可見。1990年代以來在台灣興起的「哈日現象」，雖然台灣民眾經由日劇、流行音樂、動漫、輕小説等大眾文化方式認識了日本社會一些面向，但總是零碎而片面，難窺日本文化之底蘊。有感於坊間日本文化與日語相結合的書少之又少，以及台灣民眾對於學習日本文化及日語的需求，乃與林武明、陳美惠、黃麗芬等三位老師共同研議、編撰本書。

本書正如其名「每天學1句生活日語會話」，是爲了想要學習對話式日文的學習者所編撰而成，一年365天，天天都有新鮮的話題，從日本的新年開始、二月雪祭、三月白色情人節、四月入學典禮、五月黃金周假期、六月梅雨季、七月煙火大會、八月暑期旅遊、九月敬老節、十月賞楓、延續到耶誕節、歲末除舊佈新等。有別於過去以文法爲主、例句爲輔的編排方式，全書皆依照日本節慶與習俗設計對話，內容編排淺顯易懂，讓學習者一天學習一句生活用語，就能與日本人輕鬆開啓話題，進而順利地展開溝通、交流。

本書內容包括三個部分，第一是「重點會話」，先提示一句日文，爲本篇對話的重點句子，第二部分是「實用對話」，也就是應用重點對話所衍伸出來的對話內容，第三部分爲「小叮嚀」，在此處將會提醒讀者，關於實用對話中所出現的文法、特殊的單字用法等，讓學習者在使用會話文上不致出錯，進而舉一反三。此外，本書在日文漢字上皆有標明平假名，方便讀者閱讀。

作者群希望這本書的出版，能提供所有學習者除對話方法外，還能學習節慶、習俗等文化，進而更加認識日本這個國家，使日語學習能百尺竿頭，更進一步。是爲序。

樹人醫護管理專科學校　應用日語科
科主任 林亭瑜　謹誌

目錄

- 前言 001
- 01月 001
- 02月 017
- 03月 034
- 04月 053
- 05月 068
- 06月 085
- 07月 101
- 08月 117
- 09月 133
- 10月 148
- 11月 164
- 12月 179

01月01日

明(あ)けましておめでとうございます。/恭喜新年好，今年也請多多指教。

A：明(あ)けましておめでとうございます。今年(ことし)もよろしくお願(ねが)いします。／恭喜新年好，今年也請多多指教。

B：こちらこそ、よろしくお願(ねが)いします。／彼此彼此，請多多指教。

由於日本人過的是新曆年，所以每年過年都是1月1日，在新年第一天大家見面時都會說這句話。

01月02日

テレビで駅伝(えきでん)がやっていますよ。見(み)ませんか。/電視上在播馬拉松大賽，要看嗎？

A：テレビで駅伝(えきでん)をやっていますよ。見(み)ませんか。／電視上在播馬拉松大賽，要看嗎？

B：いいですね。見(み)ましょう。／好啊，一起看吧。

「駅伝(えきでん)」就是馬拉松的意思，是「駅伝競走(えきでんきょうそう)」的簡寫，其中最有名的是「箱根駅伝(はこねえきでん)」，起源為1920年，被稱做馬拉松之父的金栗四三為了要培養世界級的馬拉松選手而舉辦的競賽，參賽者限定為「關東學生陸上競技聯盟」之大學的馬拉松選手，起點為「東京讀賣新聞社」到「箱根蘆之湖」間，距離約108公里，與「紅白歌唱大賽」並列為日本人新年的兩大盛事。

01月03日

今年(ことし)の紅白歌合戦(こうはくうたがっせん)、おもしろかったですね。／今年的紅白歌唱大賽眞精采。

A：今年(ことし)の紅白歌合戦(こうはくうたがっせん)、おもしろかったですね。／今年的紅白歌唱大賽真精采。

B：そうですね。おもしろかったですね。／是啊！真好看。

附和別人說的話時，可以省略「はい」，直接用「そうですね」，會顯得更加自然。

01月04日

もう初詣(はつもうで)へ行(い)きましたか。／你已經去新年參拜了嗎？

A：もう初詣(はつもうで)へ行(い)きましたか。／你已經去新年參拜了嗎？

B：もう行(い)きました。／已經去過了。

大部份的日本人過年時都會去神社參拜，如果要回答「還沒去」的話，是說「まだ行(い)っていません」，而「行(い)きません」是說「我不去」的意思。

01月05日

絵馬（えま）に何（なに）を書（か）きましたか。／你在繪馬上寫了什麼？

A：絵馬（えま）に何（なん）と書（か）きましたか。／你在繪馬上寫了什麼？

B：「家族（かぞく）が健康（けんこう）に過（す）ごせますように」と書（か）きました。／我寫了「希望家人健康」。

所謂的「絵馬（えま）」就是用木頭做的板子，上頭有馬的圖案，一般在神社可以買到。可在背後寫上願望後，掛在神社的繪馬吊掛處。

01月06日

浅草寺（せんそうじ）へ行（い）きたいんですが、どう行（い）ったらいいですか。／不好意思，我想去淺草寺，該怎麼走好呢？

A：すみません、浅草寺（せんそうじ）へ行（い）きたいんですが、どう行（い）ったらいいですか。／不好意思，我想去淺草寺，該怎麼走好呢？

B：あの交差点（こうさてん）を右（みぎ）に曲（ま）がって、まっすぐ行（い）くと、ありますよ。／在前面的十字路口右轉，再往前直走，就可以看到了。

「～んですが、～たらいいですか」用於詢問對方我該怎麼做時，「ん」前面用普通形，「たら」前面要用動詞た形。

01月07日

七草粥(ななくさがゆ)の作(つく)り方(かた)、わかりますか。／你知道七草粥的做法嗎？

A：七草粥(ななくさがゆ)の作(つく)り方(かた)、わかりますか。／你知道七草粥的做法嗎？

B：ネットにレシピがあると思(おも)いますよ。探(さが)してみましょう。／我想網路上應該有食譜，我們來查查看吧。

1月7日為「七草節」，在這一天會食用加入7種蔬菜製成的7草粥，一方面是為了祈求一年的平安及健康，另一方面，也是為了讓吃了好幾天大魚大肉的腸胃休息的節日。

01月08日

正月(しょうがつ)に部長(ぶちょう)のうちに行(い)くんですけど、いっしょにどうですか。／過年時要去部長家，你要一起去嗎？

A：正月(しょうがつ)に部長(ぶちょう)のうちに行(い)くんですけど、いっしょにどうですか。／過年時要去部長家，你要一起去嗎？

B：正月(しょうがつ)はちょっと、妻(つま)の実家(じっか)に帰(かえ)る約束(やくそく)がありますから。／過年有年期間有點不太方便，因為約好要回太太娘家了。

動詞辭書形接「約束(やくそく)（約定）」、「予定(よてい)（預訂）」、「時間(じかん)（時間）」、「仕事(しごと)（工作）」、「用事(ようじ)（事情）」等，直接修飾名詞。

01月09日

昨日(きのう)何(なに)をしましたか。／昨天做了什麼？

A：昨日(きのう)何(なに)をしましたか。／昨天做了什麼？

B：テレビを見(み)ながら、御節料理(おせちりょうり)を食(た)べました。

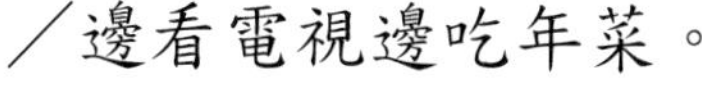
／邊看電視邊吃年菜。

動詞去掉「ます」加上「ながら」，表示「一邊～一邊」的意思，以後面句子的動詞為主，前面句子的動詞為輔。

01月10日

お正月休(しょうがつやす)みにどこかへ行(い)きましたか。／新年假期有去哪裡玩嗎？

A：お正月休(しょうがつやす)みにどこかへ行(い)きましたか。／新年假期有去哪裡玩嗎？

B：いいえ、どこへも行(い)きませんでした。／沒有，哪裡都沒去。

疑問詞「哪裡」的日文是「どこ」，但不確定對方有沒有去的話，會在「どこ」後面加「か」，「どこか」表示不特定的地方。

01月11日

お宅のお雑煮に何を入れますか。／你家的雜煮裡都放些什麼呢？

A：お宅のお雑煮には何を入れますか。／你家的雜煮裡都放些什麼呢？

B：里芋が定番です。／我們家會放芋頭。

1月11日是「鏡開き」，意思為煮食供奉用的年糕之日，日本的白色圓形年糕稱為「鏡餅」；而「お雑煮」是日本人過年會吃的東西，口味及擺放的食材依地方有所不同，但幾乎一定都會放麻糬，口味上則有醬油、味噌、紅豆等。

01月12日

成人式の時、ひさびさに会う友達もいて盛り上がりますよね。／在成人典禮時，遇見好久不見的朋友，氣氛超high的。

A：成人式の時、ひさびさに会った友達もいて盛り上がったね。／在成人典禮時，遇見好久不見的朋友，氣氛超high的。

B：そうそう、最高の成人式だったわ。／是啊、是啊，是個超棒的成人典禮呢。

「成人式」自1948年至1999年皆為每年的1月15日舉辦，自2000年起，因「ハッピーマンデー法（快樂星期一法案）」的推行，所以改為每年1月的第二個星期一；年滿20歲的年輕男女會盛裝出席該典禮，一般而言男生會穿著深色西裝或名為「袴」的和服，女生則會穿著華麗的和服出席。

休みを取って、スキーに行かない？／請個假，去滑雪嘛。

A：ねえ、1月の13、14、15に休みを取って、スキーに行かない？／喂，1月13、14、15號請個假，去滑雪嘛。

B：スキーね。うーん、足の骨を折る人が多いそうだからな。やめとくよ。／滑雪喔，嗯……，聽說因此腳骨折的人很多耶，還是不要吧。

「やめとく」是「やめておく」的口語變化，「動詞て型＋おく」是「事先做好……」的意思。

毎日雪かきをしますか。／你每天除雪嗎？

A：毎日雪かきをしますか。／你每天除雪嗎？

B：ええ、大変ですよ。／對呀，非常辛苦呢。

在日本東北地方及北海道等地，除雪是冬天每天早上必做的工作，除雪的工具稱作「雪かきスコップ」，大馬路上會有鏟雪車來除雪，稱為「雪かき車」或「除雪車」。

01月15日

駅の前に新しくできたお店に入ったことがありますか。／車站前新開的店你有進去過嗎？

A：駅の前に新しくできたお店に入ったことがありますか。／車站前新開的店你有進去過嗎？

B：いいえ、でもそこのケーキはおいしいって聞きました。／沒有，但是聽說那裡的蛋糕很好吃。

學習者常會將「入れます」、「入ります」弄錯，「入れます」是他動詞，意思為放入，例：コーヒーに砂糖を入れます（在咖啡裡放糖）。「入ります」是自動詞，意思是進入，例：「船は港に入ります」（船進港）。

01月16日

日本は一年でいつがいちばん寒いですか。／日本一年之中什麼時候最冷呢？

A：日本は一年でいつがいちばん寒いですか。／日本一年之中什麼時候最冷呢？

B：1月がいちばん寒いです。／1月最冷。

「～名詞（の中）で疑問詞が＋いちばん形容詞」ですか」的句型，意思是「在名詞範圍中……最……呢？」，例：1.「スポーツで何がいちばん上手ですか」（運動當中你最擅長什麼？）。2.「日本でどこがいちばんすきですか」（全日本你最喜歡哪裡？）。3.「家族でだれがいちばん背が高いですか」（家人當中誰最高）。

今年(ことし)おばあちゃんから3万円(まんえん)のお年玉(としだま)をもらった。／今年奶奶給我3萬日幣壓歲錢。

A：今年(ことし)おばあちゃんから3万円(まんえん)のお年玉(としだま)をもらった。
／今年奶奶給我3萬日幣壓歲錢。

B：へえ、いいなあ。／是哦，好好喔。

「いい」在此是不錯、真好的意思。後面常會接「ね」，例：「その手袋(てぶくろ)いいですね（那雙手套真不錯）。」或「なあ」等羨慕的語氣。

01月18日

もう一杯(いっぱい)どうですか。／再來一杯怎麼樣？

A：もう一杯(いっぱい)どうですか。／再來一杯怎麼樣？

B：いいえ、もういいです。／不了，我不要了。

要特別注意，「いい」在此是「不要、不用」的意思。常用在別人在請你吃東西等的時候，你要回絕對方時使用。

01月19日

温泉(おんせん)に行(い)きたい。／好想去泡溫泉。

A：寒(さむ)いですね。温泉(おんせん)に行(い)きたいなぁ。／好冷喔，好想去泡溫泉。

B：温泉(おんせん)ですか。温泉(おんせん)なら「箱根(はこね)」の温泉(おんせん)はいいですよ。／溫泉嗎？溫泉的話，「箱根」溫泉還不錯喔。

「なら」在此的意思為「……的話」、「就……方面說」，接在名詞之後，把對方說的話或談到的話題等當作主題，將與其有關的談話進行下去。

01月20日

一緒(いっしょ)に映画(えいが)を見(み)に行(い)きませんか。／要不要一起去看電影呢？

A：今週(こんしゅう)の土曜日(どようび)友達(ともだち)と映画(えいが)を見(み)に行(い)くけど、理沙(りさ)さんも一緒(いっしょ)に行(い)きませんか。／這個禮拜六我要和朋友一起去看電影，理沙小姐要不要一起去呢？

B：土曜日(どようび)ですか。土曜日(どようび)はちょっと……／禮拜六嗎？不好意思我禮拜六不太方便……

日本人在拒絕別人時，不會直接說不去、不要等，而會用較婉轉的詞彙代替，如一聽到「ちょっと」就表示對方不能去的意思。

01月21日

駅(えき)まで送(おく)りましょうか。／我送你去車站吧。

A：もう遅(おそ)いから、駅(えき)まで送(おく)りましょうか。／已經很晚了，我送你去車站吧。

B：結構(けっこう)です。ありがとうございます。／不用了，謝謝。

「結構(けっこう)です」是具有很明確拒絕對方的意思，使用的時候要注意，如果在後面加上「ありがとうございます（謝謝）」、「すみません（對不起）」的話，會感覺語氣較柔和。

01月22日

この荷物(にもつ)、台湾(たいわん)に送(おく)りたいんですが。／我想寄這件包裹到台灣。

A：すみません、この荷物(にもつ)、台湾(たいわん)に送(おく)りたいんですが。／不好意思，我想寄這件包裹到台灣。

B：こちらの用紙(ようし)に記入(きにゅう)してください。／請填寫這裡的表單。

此處「に」的用法有兩種，第一句A說的「台湾(たいわん)に」是目的地的用法，B說的「用紙(ようし)に」是指到達點，類似用法還有「椅子(いす)に座(すわ)る」、「封筒(ふうとう)に入(い)れる」等。

01月23日

林さんはあそこで何をしているんですか。／林小姐在那裡做什麼啊？

A：山田さんはあそこで何をしているんですか。／山田小姐在那裡做什麼啊？

B：お寺のお守りを買っているんですよ。／她正在買寺廟的護身符。

「～んです」接在句尾常用來強調或進一步說明，前面要接普通型。

01月24日

買い物がてら、その辺をぶらぶらしませんか。／我們去買東西，順便去那裡逛逛好嗎？

A：買い物がてら、その辺をぶらぶらしませんか。／我們去買東西，順便去那裡逛逛好嗎？

B：いいですね。その辺ちょうど雪祭りがありますから、見に行きましょう。／好啊，那邊剛好有雪祭，我們去看看吧。

「がてら」是順便、在……同時之意，前面可接名詞及動詞ます型去掉「ます」，例如散歩がてら（去散步的同時順便……）、遊びがてら（去玩的同時順便……）。

写真(しゃしん)を撮(と)っていただけませんか。／可以幫我拍張照片嗎？

A：すみません、写真(しゃしん)を撮(と)っていただけませんか。／不好意思，可以幫我拍張照片嗎？

B：ええ、いいですよ。／好的。

「動詞て型＋いただけませんか」表示拜託別人的意思，使用敬語的形式，意思一樣但尊敬程度較低的則有「動詞て型＋もらいませんか」。

写真(しゃしん)を撮(と)ってもいいですか。／我可以拍照嗎？

A：すみません、写真(しゃしん)を撮(と)ってもいいですか。／不好意思，我可以拍照嗎？

B：ええ、どうぞ。／好，請拍。

「動詞て型＋もいいですか」表示詢問自己可不可以做這件事，尤其在京都等地藝妓很多，拍照前先問一下較有禮貌。

01月27日

熱(ねつ)は二日(ふつか)ほど続(つづ)くかもしれませんが、心配(しんぱい)する必要(ひつよう)はありません。／也許會連續發燒兩天，但不需擔心。

A：先生(せんせい)、A型(がた)インフルエンザじゃないですよね。／醫生，不是A型流感吧？

B：ええ、普通(ふつう)の風邪(かぜ)ですよ。熱(ねつ)は二日(ふつか)ほど続(つづ)くかもしれませんが、心配(しんぱい)する必要(ひつよう)はありません。／不是，只是普通的感冒，也許會連續發燒兩天，但不需擔心。

「數量詞＋ほど」表示數量大約程度，另外還有「一週間(いっしゅうかん)ほど（一周左右）」、「10メートルほど（10公尺左右）」、「1時間(いちじかん)ほど（1小時左右）」等。

01月28日

今年の風邪はなかなか治らないそうだね。／聽說今年的感冒不太容易痊癒。

A：今年の風邪はなかなか治らないそうだね。／聽說今年的感冒不太容易痊癒。

B：そうらしいね。2週間ぐらい熱が上がったり、下がったりするんだってね。／是啊，2個禮拜一下子發燒一下子退燒，都好不了。

「そうだ」有兩種意思，在此處是聽說的意思，動詞普通型、い形容詞直接加，名詞及な形容詞加「だ」，用法和意思常和「看起來」的「そうだ」搞混，要特別注意。

01月29日

お子さんの風邪はどうですか。／您小孩的感冒怎麼樣呢？

A：お子さんの風邪はどうですか。／您小孩的感冒怎麼樣呢？

B：おかげさまで、だいぶ良くなりました。／託您的福，已經好很多了。

「おかげで」是「多虧」、「幸虧」、「由於」的意思，前面可接各種詞性，名詞＋の、な形容詞＋な、い形容詞直接接、動詞た形；「おかげさまで」是慣用句。

01月30日

おみくじを引(ひ)きたいんですが、どうすればいいですか。／我想要抽籤，該怎麼做呢？

A：おみくじを引(ひ)きたいんですが、どうすればいいですか。／我想要抽籤，該怎麼做呢？

B：まずここにお金(かね)を入(い)れてください。いいですか。それからその箱(はこ)の中(なか)から１本(いっぽん)引(ひ)いてください。／首先請在這裡投錢，可以了嗎？接著從那個箱子裡抽一張。

「いい」在此是「好了嗎」之意，用來提醒對方注意的意思。使用時語調上升，用於提醒對方注意自己說話時。

01月31日

いくら冬休(ふゆやす)みだからと言(い)っても、毎日遊(まいにちあそ)んではいけませんよ。／不能因爲是寒假，就每天玩喔。

A：いくら冬休(ふゆやす)みだからと言(い)っても、毎日遊(まいにちあそ)んではいけませんよ。／不能因為是寒假，就每天玩喔。

B：はい、はい、明日(あした)から勉強(べんきょう)するから。／是、是，明天就開始唸書了啦。

「いくら……からといっても」意思是「不能因為……就……」之意，B可能認為放寒假就可以玩樂，但A覺得這樣是不對的，帶有輕微責難的口氣。

考(かんが)えに考(かんが)えた末(すえ)、買(か)わないことにしました。／我想了又想，最後決定不買了。

A：この間(あいだ)、お年玉(としだま)で新(あたら)しいパソコンを買(か)いたいと言(い)いましたが、どうなりましたか。／之前，你說要用壓歲錢買新的電腦，結果怎麼樣了？

B：考(かんが)えに考(かんが)えた末(すえ)、買(か)わないことにしました。／我想了又想，最後決定不買了。

「動詞ます形＋に＋動詞」表示動作的反覆，另外還有「待(ま)ちに待(ま)ったお正月(しょうがつ)（等了又等的過年假期）」、「直(なお)しに直(なお)したレポート（修改又修改的報告）」等。

02月02日

来年のことを言うと鬼が笑う。／未來的事天曉得。

A：今年の夏休み、どこにも行かなかったな。来年どこか行きましょうよ。／今年的暑假，哪裡都沒去，明年我們去哪裡玩玩嘛。

B：一年後の計画を今立てなくもいいよ。来年のことを言うと鬼が笑うよ。／現在不用想到一年後的計畫啦，未來的事天曉得。

「来年のことを言うと鬼が笑う」直譯為「說明年的事，鬼就會笑」，這是一句諺語，由來為「有預知能力的鬼，看到人們高談闊論未來的事，心裡想『這些人根本不知道未來會如何，還在那邊說大話，真好笑』」，引申意為未來的事難以預料，即使現在討論也於事無補。「計画を立つ」是片語，為訂定計畫的意思。

鬼(おに)は外(そと)、福(ふく)は内(うち)。／鬼離開、福進來。

A：今日(きょう)は節分(せつぶん)ですね。節分(せつぶん)のとき、何(なに)か特別(とくべつ)なことをしますか。／今天是節分。節分這一天，有什麼特別的活動嗎？

B：うちでみんなで豆(まめ)をまきながら、「鬼(おに)は外(そと)、福(ふく)は内(うち)。」と言(い)って、わいわいします。／在家裡大家邊灑豆子，邊說「鬼離開、福進來。」，熱鬧一番。

以前節分之夜，都可以看到家家戶戶灑豆子的景象，這裡所謂的「鬼」是指災害和疾病，據說灑完豆子後要吃下和自己歲數相當的豆子，才能平安健康，不過現在此景已非常罕見了。

どうしたの。ずいぶん顔色(かおいろ)が悪(わる)いよ。／你怎麼啦？臉色好差喔。

A：どうしたの。ずいぶん顔色(かおいろ)が悪(わる)いよ。／你怎麼啦？臉色好差喔。

B：昨日(きのう)の晩(ばん)、徹(てつ)マンしたんだ。／昨天晚上熬夜打麻將。

「徹(てつ)マン」是「徹夜(てつや)マージャン」的簡寫，意思是說整晚沒睡，徹夜打麻將。

02月05日

すき焼(や)きを食(た)べたことがありますか。／你有吃過壽喜燒嗎？

A：すき焼(や)きを食(た)べたことがありますか。／你有吃過壽喜燒嗎？

B：はい、友達(ともだち)の家(いえ)で食(た)べたことがあります。／有，我在朋友家吃過。

「壽喜燒」是將牛肉片、蔥及豆腐等食材，加入砂糖、醬油、味醂等調味而製作出的料理，一般會像吃火鍋一樣，在桌子上擺上鍋子，大家一起享用。

02月06日

どこかお出(で)かけですか。／你要出門啊？

A：あら、陳(ちん)さん、どこかお出(で)かけですか。／啊，陳先生，你要出門啊？

B：ええ、友達(ともだち)が遊(あそ)びに来(き)たので、駅(えき)まで迎(むか)えに行(い)くところなんです。／是啊，因為有朋友要來玩，我正要去車站接她呢。

「動詞辭書形＋ところ」表示正想、正要……，與名詞-「所(ところ)（場所）」的讀音相同，但在表示文法時，一般不寫漢字，直接用平假名表示，另外，句中常與「これから（一會兒）」、「ちょうど（正好）」、「今(いま)（現在）」連用。

02月07日

ちょっと前(まえ)に、出(で)かけたところです。
/剛出門了。

A：もしもし、木村(きむら)さんいらっしゃいますか。／喂喂，請問木村小姐在嗎？

B：木村(きむら)さんはちょっと前(まえ)に、出(で)かけたところです。／木村小姐她剛出門了。

「動詞た形＋ところ」表示剛做完……，句中常與「今(いま)（現在）」「さっき（剛才）」、「ちょっと前(まえ)（稍前）」連用。

02月08日

今(いま)、最終回(さいしゅうかい)を見(み)ているところだ。/我現在正在看完結篇。

A：はやと、早(はや)く勉強(べんきょう)しなさい。もうすぐ受験(じゅけん)でしょう。／隼人，快去唸書，不是快要考試了嗎？

B：今(いま)、最終回(さいしゅうかい)を見(み)ているところだから、これが終(お)わったら勉強(べんきょう)するよ。／我現在正在看完結篇，結束後就會去唸書啦。

「動詞ている＋ところ」表示正在做……，句中常與「今(いま)（現在）」「ただいま（現在）」連用。另外，2月是日本的升學考試季節，對考生而言，這是一個難熬的月份。

02月09日

交通事故(こうつうじこ)があって、それで道(みち)が渋滞(じゅうたい)していたんです。/因爲有交通事故，所以路上塞車了。

A：どうしたんですか。遅(おそ)かったですね。／發生什麼是了嗎？怎麼這麼慢。

B：交通事故(こうつうじこ)があって、それで道(みち)が渋滞(じゅうたい)していたんです。／因為有交通事故，所以路上塞車了。

「それで」是所以的意思，前面接表示原因的句子。

02月10日

彼(かれ)は歌(うた)も上手(じょうず)だし、ダンスもうまいし、それにかっこいいですからね。/因爲他歌唱得好，舞也跳得很棒，而且人又長得帥。

A：あの俳優(はいゆう)、今大変人気(いまたいへんにんき)がありますね。／那個演員現在很受歡迎喔。

B：ええ、彼(かれ)は歌(うた)も上手(じょうず)だし、ダンスもうまいし、それにかっこいいですからね。／是啊，因為他歌唱得好，舞也跳得很棒，而且人又長得帥。

「それに」是而且的意思，前面舉出1、2個事項，再加上……的意思。

せっかくのお休(やす)みだから、温泉(おんせん)に行(い)きませんか。／難得的休假，我們去泡泡溫泉吧！

A：今日(きょう)は「建国記念日(けんこくきねんび)」ですね。せっかくのお休(やす)みだから、温泉(おんせん)に行(い)きませんか。／今天是建國紀念日，難得的休假，我們去泡泡溫泉吧！

B：いいですね。／好啊。

「せっかく＋の＋名詞」表示後面接的名詞是不太容易取得的珍貴事物。

02月12日

ついでに近くのホテルでケーキバイキングでも食べましょう。／順便還可以到附近的飯店吃蛋糕吃到飽。

A：明日は雪祭りの最終日ですよ。一緒に見に行きませんか。／明天是札幌雪祭最後一天，要不要一起去看。

B：そうですね。ついでに近くのホテルでケーキバイキングでも食べましょう。／好啊，順便還可以到附近的飯店吃蛋糕吃到飽。

札幌每年都會舉辦雪祭，用雪雕刻而成的大型建築物、人偶、遊樂設施，每年皆吸引超過200萬人次的觀光人潮，可謂北海道的一大祭典。這邊有個文法「ついでに」是順道的意思，接續方法為「名詞＋の＋ついでに」，例：散歩のついでに、スーパーで果物を買ってきた。（散步時，順便在超市買水果回來）；或是「動詞＋ついでに」，例：駅まで客を送って行ったついでに買い物をしてきた。（送客人去車站後，順便買了點東西回來）。

02月13日

行く前に予約しておいたほうがいいですよ。／去之前最好先預約喔。

A：バレンタインデーに彼女と一緒にあの有名なレストランへ行きたいなあ。／情人節當天想和女朋友一起去那家有名的餐廳。

B：行く前に予約しておいたほうがいいですよ。／去之前最好先預約喔。

「動詞た形＋ほうがいい」意思為建議對方做該動作比較好，也可用「動詞ない形＋ほうがいい」建議對方不要做該動作比較好。

02月14日

一緒にバレンタインのチョコレートを買いに行きませんか。／我們一起去買情人節巧克力吧？

A：一緒にバレンタインのチョコレートを買いに行きませんか。／我們一起去買情人節巧克力吧？

B：すみません。今回は自分で作るつもりです。／不好意思，今年我想自己做。

2月14日為情人節，這一天女生會送給男生巧克力，親手做的巧克力叫做「手作りチョコ」，送給男性上司、同事等稱為「義理チョコ」。

02月15日

ストーブをつけましょうか。／開暖氣好嗎？

A：寒(さむ)いですね。ストーブをつけましょうか。／好冷喔，開暖氣好嗎？

B：ええ、お願(ねが)いします。／好啊，麻煩你了。

「動詞＋ましょうか」通常用在要為對方做什麼事時，而且期待對方能同意這件事。

02月16日

流氷(りゅうひょう)を見(み)たいんですが、お勧(すす)めのツアーを教(おし)えていただけませんか。／我想要看流冰，請告訴我您推薦的旅行團。

A：流氷(りゅうひょう)を見(み)たいんですが、お勧(すす)めのツアーを教(おし)えていただけませんか。／我想要看流冰，請告訴我您推薦的旅行團。

B：流氷(りゅうひょう)なら、こちらのコースはいかがでしょうか。／如果是流冰的話，這個行程怎麼樣呢？

「～んですが、～ていただけませんか」用於請求別人協助時，「ん」前面用普通形，「て」前面要用動詞て形。

02月17日

予約を取り消さないでください。／請不要取消預約。

A：到着が遅れますが、予約を取り消さないでください。／抵達時間有點延誤，請不要取消預約。

B：はい、かしこまりました。お待ちしております。／好的，我知道了，等候您大駕光臨。

「～ないでください」意思為「請不要……」，前面要接動詞ない形。

02月18日

この料理の食べ方を教えてください。／請教我這道料理的吃法。

A：この料理の食べ方を教えてください。／請教我這道料理的吃法。

B：たれを入れて、よく混ぜてください。／將醬汁倒入，再充分攪拌。

「～てください」是「請」的意思，前面接動詞的て形。

02月19日

子(こ)ども連(づ)れで行(おこな)っても大丈夫(だいじょうぶ)ですか。/即使帶小孩也可以去嗎？

A：子(こ)ども連(づ)れても大丈夫(だいじょうぶ)ですか。／即使帶小孩也可以去嗎？

B：はい、大丈夫(だいじょうぶ)です。／是的，沒問題。

此處的「～ても」是「即使」的意思，前面接動詞て形、い形容詞去い變成「くても」、な形容詞和名詞＋でも，例如「食(た)べても（即使吃了）」「安(やす)くても（即使很便宜）」「好(す)きでも（即使喜歡）」「大人(おとな)でも（即使是大人）」等。

02月20日

ごめんください。/不好意思。

A：ごめんください。木村(きむら)さん、いらっしゃいますか。／不好意思，請問木村先生在家嗎？

B：はい。／在。

要去拜訪別人家時，按了電鈴或敲門後，要先說「ごめんください」，詢問有沒有人在家，和日文的對不起「ごめんなさい」很相似，要特別注意。

02月21日

温泉に入ったことがありますか。／你有泡過溫泉嗎？

A：リーさん、温泉に入ったことがありますか。／李先生，你有泡過溫泉嗎？

B：はい、3年前北海道へ行ったとき、一度入ったことがあります。／有啊，3年前我去北海道時有泡過一次。

「～たことがあります」，意思為「曾經做過……」，前面只能加動詞的た形。

02月22日

一度も見たことがありません。／我連一次也沒有看過。

A：張さん、雪を見たことがありますか。／張先生，你有看過雪嗎？

B：いいえ、一度も見たことがありません。／沒有，我連一次也沒有看過。

「～たことがありません」，意思為「不曾做過……」，前面只能加動詞的た形，前面還可加上副詞「一度も（一次也沒有……）」，其他類似的用法還有「一度も食べたことがありません（一次也沒吃過）」、「一度も行ったことがありません（一次也沒去過）」等。

02月23日

ホワイトイルミネーションを見(み)てみたい。／好想看看白色燈彩節。

A：札幌(さっぽろ)のホワイトイルミネーションを見(み)てみたいな。／好想看看札幌的白色燈彩節喔！

B：毎年(まいとし)の2月(にがつ)に大通公園(おおどおりこうえん)で行(おこな)っていますよ。に時間(じかん)があったら、ぜひ！／每年2月在大通公園舉行，有時間的話請務必光臨。

「～てみる」意思為「……看看」，前面加動詞的て形。另外，這邊要注意的是，「見(み)る」也讀做「みる」，但在此文法中不將漢字寫出來，會寫平假名的「～てみる」。

02月24日

川湯(かわゆ)のダイヤモンドダストを見(み)に行(い)くつもりです。／我打算去川湯看冰霞。

A：今度(こんど)の日曜日(にちようび)、川湯(かわゆ)のダイヤモンドダストを見(み)に行(い)くつもりです。／這個禮拜天，我打算去川湯看冰霞。

B：え～、いいなあ。／欸～真好。

「～つもり」是「打算～」的意思，肯定的用法前面可接動詞的辭書形。另外，「ダイヤモンドダスト」是每年12月底到3月底在北海道川湯舉辦的觀賞冰霞的活動，冰霞指的是在零下20度、天空晴朗的清晨時，空中的水蒸氣變成細冰的現象，在當地民眾的努力下，現在得以用人造的方式讓更多遊客觀賞冰霞美景。

02月25日

台湾(たいわん)の友達(ともだち)が来(く)るので、行(い)かないつもりです。/因爲我台灣的朋友要來，所以打算不去。

A：来週(らいしゅう)の土曜日(どようび)、ゼミの飲(の)み会(かい)がありますが、行(い)きますか。／下禮拜六，研究室有聚餐要去嗎？

B：いいえ、台湾(たいわん)の友達(ともだち)が来(く)るので、行(い)かないつもりです。／不去，因為我台灣的朋友要來，所以打算不去。

「～つもり」是「打算～」的意思，否定的用法前面要接動詞否定形。

02月26日

飲(の)み物(もの)は食後(しょくご)にお持(も)ちしましょうか。/您的飲料要飯後再上嗎？

A：飲(の)み物(もの)は食後(しょくご)にお持(も)ちしましょうか。／您的飲料要飯後再上嗎？

B：いいえ、食事(しょくじ)と一緒(いっしょ)にお願(ねが)いします。／不，請和餐點一起上。

敬語中有分尊敬語和謙讓語，本會話文中的「お～する」就是謙讓語，意思為「我來為您……」，接續方式為「お＋動詞ます形＋する」，可將一般動詞變成敬語動詞。

02月27日

おタバコをお吸(す)いになりますか。／您抽菸嗎？

A：おタバコをお吸(す)いになりますか。／您抽菸嗎？

B：いいえ。／沒有。

「お～になる」是敬語中尊敬語的說法，意思為「您～」，接續方式為「お＋動詞ます形＋になる」，可將一般動詞變成敬語動詞。

02月28日

コーヒーでもいかがですか。／要不要來點咖啡呢？

A：コーヒーでもいかがですか。／要不要來點咖啡呢？

B：ありがとうございます。いただきます。／謝謝，那我就不客氣了。

此處的「名詞＋でも」用於舉例，其他可能還有很多種東西，只是說出其中一種，和表示「但是」的「でも」不同，要特別注意。

肉料理(にくりょうり)と魚料理(さかなりょうり)と、どちらがいいですか。／吃肉類料理還是魚類料理？

A：晚御飯(ばんごはん)、肉料理(にくりょうり)と魚料理(さかなりょうり)と、どちらがいいですか。／晚餐要吃肉類料理還是魚類料理？

B：私(わたし)は肉(にく)より魚(さかな)のほうが好(す)きです。今(いま)はぶりが旬(しゅん)らしいよ。／比起肉類我比較喜歡吃魚，聽說現在是冬鰤魚的產季呢。

「～と～と、どちら」是2選1的文法，「と」前面可放名詞，在回答時可用「名詞1より名詞2のほうが形容詞」，意思為「比起名詞1我比較～名詞2」，其他例句還有：「英語(えいご)より日本語(にほんご)のほうが上手(じょうず)です。」（比起英文我的日文比較好）。

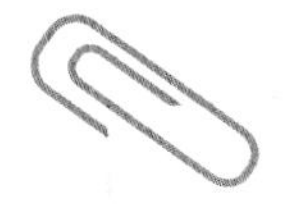

03月01日

雛祭りって、どんな祭りですか。／所謂的女兒節，是怎麼樣的祭典呢？

A：雛祭りって、どんな祭りですか。／所謂的女兒節，是怎麼樣的祭典呢？

B：いえいえでお雛様を飾って、女の子の健やかな成長を祈る日ですよ。／在家中，擺飾雛娃娃，祈求女孩們健康成長的日子。

「って」意思為「……是……」，接續方式為「名詞加って」、「い形容詞加って」、「動詞加って」，用於將某個事物作為話題，給其下定義、表述其意義或做出評價，而且還可以如會話文一樣，詢問對方單字的意思等等，是口語的表達方式，書面用語為「名詞とは」。

03月02日

言われたとおり、雛祭りに供えるものを買ってきたよ。／按照你說的，要在女兒節時祭拜的供品，我買回來了。

A：言われたとおり、ひな祭りに供えるものを買ってきたよ。／按照你說的，要在女兒節時祭拜的供品，我買回來了。

B：ありがとう。菱餅、白酒に桃の花、完璧ね。／謝謝，有菱形年糕、白酒和桃花，太完美了。

「～とおり」意思為按照，前面可接「動詞辭書形」及「動詞過去形」，將要發生的事用辭書形，已經發生的事用過去式。

めっちゃかわいい。／超可愛。

A：それはリカちゃんの新作雛人形（しんさくひなにんぎょう）ですか。めっちゃかわいい。／那是新版莉卡娃娃的雛娃娃嗎？超可愛的。

B：そうよ。娘（むすめ）のために、お父（とう）さんが買（か）ってくれました。／對呀，為了我女兒，我爸爸買給我們的。

リカちゃん（Licca-chan）是類似芭比娃娃的玩具，全名香山莉卡，1966年由TAKARATOMY（舊TAKARA販售），因為擁有東方臉孔，所以有日本版芭比娃娃的美名，是日本家喻戶曉的玩具。「めっちゃかわいい」為口語用法，正確為「とてもかわいいです。」。

早(はや)くしまわないとお嫁(よめ)に行(い)き遅(おく)れるといううわさもあります。／有傳言說不趕快收起來的話，女兒會晚嫁人。

A：ひな人形(にんぎょう)をいつまで飾(かざ)りますか。／雛娃娃要擺放到什麼時候？

B：3月3日(さんがつみっか)までですよ。早(はや)くしまわないとお嫁(よめ)に行(い)き遅(おく)れるといううわさもあります。／到3月3日為止喔。有傳言說不趕快收起來的話，女兒就會晚嫁人。

3月3日是日本的女兒節，家中有女兒的人家，就會在2月中旬，最慢會在節日前一週開始擺設雛娃娃，並在節日過完後，選一天晴朗舒適的天氣將雛娃娃收起來。而會話中的傳說，是因為有些人覺得收拾雛娃娃程序繁瑣，到最後就一直擺放著，為了要讓這些人有所警惕，所以才會有這樣的傳說出現。

03月05日

ストーブをつけっぱなしで出(で)てきてしまった。／我沒關暖爐就出門了。

A：しまった。ストーブをつけっぱなしで出(で)てきてしまった。／糟糕，我沒有關暖爐就出門了。

B：じゃ急(いそ)いで帰(かえ)ろう。／那我們趕快回家。

「～っぱなし」為「置之不理、放置不管」之意，接續方式為「動詞ます形」ます去掉ます＋っぱなし，例：窓(まど)を開(ひら)けっぱなし（開著窗不關）。

03月06日

間違(まちが)って反対(はんたい)の地下鉄(ちかてつ)に乗(の)ってしまったものだから。／因爲我坐到反方向的地下鐵了。

A：どうして遅刻(ちこく)したの？／你為什麼會遲到？

B：間違(まちが)って反対(はんたい)の地下鉄(ちかてつ)に乗(の)ってしまったものだから。／因為我坐到反方向的地下鐵了。

「ものだから」意思為「因為」，後項多半是危險的或令人驚訝的句型，有時也伴有辯解的語氣；會話中常用「～もんだから」來表示。

03月07日

最近、疲れ気味なんじゃない？／最近，你好像面露疲態。

A：**最近、疲れ気味なんじゃない？**／最近，你好像面露疲態。

B：**そうなんですよ。もうすぐ期末テストだから、毎日徹夜で勉強している。**／對呀，馬上就要期末考了，每天晚上都熬夜讀書。

「～気味」意思為稍微、有點，接續方式為「名詞加ぎみ」、「動詞ます去掉ます加ぎみ」，多用於不好的場合，其他常用的還有：「風邪気味（好像有點感冒）」、「緊張気味（好像有點緊張）」。

03月08日

ちょっと耳に挟んだところでは、あの二人は先月結婚したそうだ。／我有聽到傳言，聽說那兩個人上個月結婚了。

A：**ちょっと耳に挟んだところでは、あの二人は先月結婚したそうだ。**／我有聽到傳言，聽說那兩個人上個月結婚了。

B：**ええ、まじですか。**／啊～，真的假的啊。

「耳に挟む」是慣用句，為聽說之意，其他與「耳」有關的還有，耳が汚れる（令人不快）、耳が遠い（重聽）、耳が早い（消息靈通）、耳を貸す（聽取意見）、耳をふさぐ（遮住耳朵，不聽）等。

03月09日

よくそんなに食(た)べられるね。／你還眞會吃耶。

A：よくそんなに食(た)べられるね。／你還真會吃耶。

B：甘(あま)いものは脳(のう)にいいんだ。／甜食對頭腦好啊。

「よく」有仔細、常常、非常等意思，在此為居然、竟然之意，例如：「困難(こんなん)によく打(た)ち勝(か)った。（竟能克服了困難）」。另外，「對於……好」，可用「～にいい」來表示。

03月10日

ではお言葉(ことば)にあまえて、ごちそうになります。／那就恭敬不如從命，謝謝您的招待。

A：ここは年上(としうえ)である私(わたし)が払(はら)いますよ。／這裡我年紀最大，就由我來付錢吧。

B：ではお言葉(ことば)にあまえて、ごちそうになります。ありがとうございます。／那就恭敬不如從命，謝謝您的招待。

「言葉(ことば)に甘(あま)える」是個慣用句，意思為「恭敬不如從命」，是對於上司或長輩說的話，如果對同輩或下屬則用「では遠慮(えんりょ)なく（那我就不客氣了）」。

03月11日

さっき食べたばかりなのに、もう小腹が減ってきた。／剛剛才吃過不久，又有點餓了。

A：さっき食べたばかりなのに、もう小腹が減ってきた。／剛剛才吃過不久，又有點餓了。

B：仕様がないね。じゃ、いつも立ち寄っているカフェでも行ってみようか。／真沒辦法耶。那麼順道去我們常去的咖啡廳看看吧。

「ばかり」前面接動詞た形，意思是「剛剛……」，與「動詞た形＋ところ」表示剛做完……，意思相同，但是後者時間上較短，以下比較兩者不同，例如：「山田さんは一昨年結婚したばかりなのに、もう離婚を考えているらしい。（山田前年才剛結婚，好像就已經在考慮離婚了）」，「たった今映画が始まったところです。（電影正要開始播放）」，才剛結婚1、2年，時間較長的剛剛，就會用「たばかり」，電影才剛開始等，時間較短的剛剛，就會用「たところ」。

ここに置いていた手作りチョコのレシピを見ませんでしたか。／我放在這裡的手工巧克力食譜你有看到嗎？

A：さっき、ここに置いていた手作りチョコのレシピを見ませんでしたか。／剛剛我放在這裡的手工巧克力食譜你有看到嗎？

B：いやあ、見ていないですね。／沒有啊，沒看到。

這裡要特別注意「見ません」和「見ていません」的用法，問句用「見ませんでしたか」，是因為說話人確定把東西放在那裡，問對方說「你沒看到嗎？」，而答句回答「見ていません」，是沒看到的意思，如果回答「見ません」，就會變成「不看」的意思，要特別注意。

締め切りが迫ってきたので、今回はとりあえずこれで行きましょう。／截止日期已經迫在眉睫，這次就先這樣吧。

A：もっと視野を広げて、よく考えてみましょうよ。／我們再把視野放寬，重新思考一次看看吧。

B：でも、締め切りが迫ってきたので、今回はとりあえずこれで行きましょう。／但是，截止日期已經迫在眉睫，這次就先這樣吧。

「てくる」前面加動詞て形，意思為「……來」，表示漸漸顯露出來的意思，相反則為「ていく」，意思為「……去」，表示繼續下去的意思。

03月14日

バレンタインのチョコのお返(かえ)しは何(なに)をあげたらいいでしょうか。／情人節巧克力的回禮要送什麼比較好呢？

A：バレンタインのチョコのお返(かえ)しは何(なに)をあげたらいいでしょうか。／情人節巧克力的回禮要送什麼比較好呢？

B：そうねぇ、キャンディーを贈(おく)る人(ひと)が多(おお)いけど。／嗯……，送糖果的人蠻多的。

3月14日為白色情人節，這一天是在2月14日收到情人節巧克力的男生要回送禮物給女生的日子，回禮種類多樣，例如：マシュマロ（棉花糖）、ホワイトチョコレート（白巧克力）等，不過，白色情人節主要在日本、韓國、台灣、中國部分地區流行，在歐美則無此節日。

昨日ホワイトデーなんだけど、すっかり忘れちゃった。／昨天是白色情人節，結果我徹底忘記了。

A：いつも元気なのに、今日はどうしたんだよ。／你總是精神奕奕，今天怎麼啦？

B：昨日のホワイトデーなんだけど、すっかり忘れちゃって、遅く帰ったら、彼女にすっごく怒られたんだ。／昨天是白色情人節，結果我徹底忘記了，很晚才回家，被女朋友狠狠罵了一頓。

「ちゃって」是「ちゃう」的「て」型變化，而「ちゃう」是「てしまいます」的口語型態，也就是「忘れてしまいます」→「忘れちゃう」，如要連接下一個句子會變成「て」型，如要結尾會變成「た」型，其他常用的還有「言ってしまった（說溜嘴了）」→「言っちゃった」、「行ってしまった（走掉了）」→「行っちゃった」，但如果「てしまいます」前面要接鼻音「ん」變化的這類動詞時，則會變成「じゃう」，例如：「遊んでしまった」→「遊んじゃった」、「死んでしまった」→「死んじゃった」。

03月16日

高志(たかし)さんは昔(むかし)から色男(いろおとこ)でしたよ。／高志以前就是帥哥喔。

A：高志(たかし)さんは小学校(しょうがっこう)の時(とき)どんな学生(がくせい)でしたか。／高志在小學時是怎樣的學生呢？

B：高志(たかし)さんは昔(むかし)から色男(いろおとこ)でしたよ。超人気(ちょうにんき)。／高志以前就是個帥哥喔，超有人氣的。

「色男(いろおとこ)」看漢字像是很色的男生，但是其實是美男子之意，日文中有許多與中文意思不同的漢字，要特別注意。

03月17日

明日(あした)からは待(ま)ちに待(ま)った卒業旅行(そつぎょうりょこう)だね。／明天就是期待已久的畢業旅行耶。

A：明日(あした)からは待ちに待(ま)った卒業旅行(そつぎょうりょこう)だね。／明天就是期待已久的畢業旅行耶。

B：ええ、足(あし)が地(ち)に着(つ)かないぐらい、楽(たの)しみだわ。／對呀，超興奮、超期待的。

「動詞ます形去ます＋に＋動詞」是「反覆……、再三……」之意，其他還有「泣(な)きに泣(な)いた（哭了又哭）」等；另外，「足(あし)が地(ち)に着(つ)かない」是慣用句，指的是因興奮雀躍而無法冷靜。

03月18日

永井君(ながいくん)はあればあるほど使(つか)うタイプだからよ。／永井君你就是那種有多少花多少的人啦。

A：新(あたら)しいソフトを買(か)いたいな。でもお金(かね)がないし。
／好想買新的軟體喔，但是沒有錢。

B：永井君(ながいくん)はあればあるほど使(つか)うタイプだからよ。
／永井君你就是那種有多少花多少的人啦。

「動詞假定形＋ば＋動詞辭書形ほど～」是「越～越～」之意，「い形容詞去い＋ば＋い形容詞」，「な形容詞去な＋なら」，其他還有：「聞(き)けば聞(き)くほど」。

03月19日

保険(ほけん)をかけなくても大丈夫(だいじょうぶ)よ。／不用先爲自己找台階下啦。

A：うちの子(こ)はお受験(じゅけん)に遅(おく)れていますけど、本人(ほんにん)が楽(たの)しめばそれで十分(じゅうぶん)です。／我們家小孩很慢才開始準備考試，但是他自己本身學得快樂最重要。

B：あら、保険(ほけん)をかけなくても大丈夫(だいじょうぶ)だよ。／哎呀，不用先為自己找台階下啦。

「保険(ほけん)をかける」有2種意思，一種是投保，一種是當事情看似無法順利完成時，準備別的說法或方式將其完成，有種為自己打圓場之意。另外，「動詞ない形去い＋くても」意思是「不～也沒關係」之意。

03月20日

每日のように飲んでいたら、いつの間にか鍛えられたんだ。／好像每天都在喝，酒量就不知不覺被訓練出來了。

A：そんなに飲んでも大丈夫。／你喝那麼多不要緊嗎？

B：最近謝恩会が多くて、毎日のように飲んでいたら、いつの間にか鍛えられたんだ。／最近謝師宴很多，好像每天都在喝，酒量就不知不覺被訓練出來了。

「ように」是「好像」之意，表示總有那種感覺的意思。

03月21日

今日から心を入れ替えて勉強するわ。／從今天起我要重新振作、用功讀書。

A：今日から心を入れ替えて勉強するわ。／從今天起我要重新振作、用功讀書。

B：あれこれ言わずに、実際に行動するのが大事よ。／不要只會說，實際行動才是最重要的。

「心を入れ替える」是慣用句，意思為「心情煥然一新、洗心革面」；另外，句中出現的「ずに」，前面接動詞的ない形，意思為「不……而……」之意。

03月22日

今日は奨学金の申し込み表を出す日じゃなかったっけ。／今天是不是申請獎學金的寄件日啊。

A：しまった。今日は奨学金の申し込み表を出す日じゃなかったっけ。／糟糕，今天是不是申請獎學金的寄件日啊。

B：そうよ。まだ出していないの？／對啊，你還沒寄出嗎？

「っけ」意思為「是不是……來著」，用於自己記不清，跟對方確認時，前面接續的詞彙皆須用過去式表示：「動詞た形＋っけ」、「名詞／な形容詞加だ（った）＋っけ」」、「い形容詞加かった＋っけ」。

03月23日

外から帰ってきたら、必ずうがいしなさいよ。／從外面回來一定要漱口喔。

A：太郎、うがいした？外から帰ってきたら、必ずうがいしなさいよ。／太郎，你漱口了嗎？從外面回來一定要漱口喔。

B：はい。／好。

目前，約有25%的日本人患有花粉症，花粉症又稱為季節性過敏性鼻炎，在花粉紛飛的時期才會引起的症狀，為了有效預防，在外出時可以戴上帽子、口罩，回到家勤洗臉、漱口，把沾在衣服上的花粉拍掉等等。

03月24日

出かけようと思っているんだけど、……／本來打算出門的，不過……

A：今度の日曜日、どうする？／這個禮拜天，要怎麼過呢？

B：出かけようと思っているんだけど、花粉の飛散量が高いらしいから。／本來打算出門的，不過因為聽說花粉的紛飛量很高。

「～ようと思います」表示打算之意，前面加動詞的意向型，例如「行きます」→「行こう」→「行こうと思います」，「勉強します」→「勉強しよう」→「勉強しようと思います」。

それは花粉症（かふんしょう）みたいですね。／那好像是花粉症喔。

A：すみません、目（め）や皮膚（ひふ）などとてもかゆいし、鼻水（はなみず）もよく出（で）ますから、先（さき）に帰（かえ）らせていただけませんか。／不好意思，我的眼睛、皮膚都癢得不得了，而且還一直流鼻水，可以讓我先回家嗎？

B：ええ、でもそれは花粉症（かふんしょう）みたいですね。早（はや）くお医者（いしゃ）さんに見（み）てもらったほうがいいですよ。／好，但是那好像是花粉症喔，還是快點去給醫生看會比較好。

「使役動詞＋ていただけませんか」表示請求對方「可以讓我……嗎？」，這邊要特別注意的是，如果直接用「帰（かえ）ります」＋「ていただけませんか」的話，就會變成「帰（かえ）っていただけませんか」，意思是「你可以回去嗎？」，意思完全不同了；另外，「名詞＋みたい」是「好像」的意思。

03月26日

花粉を体につかないようにしているんですよ。／別讓花粉接觸到皮膚喔。

A：今日はそんなに寒くないのに、どうしてマスクや帽子をかぶる人が多いんですか。／今天明明沒有很冷，為什麼戴帽子和口罩的人那麼多呢？

B：それは花粉症の予防ですよ。出かけるとき、帽子、マスク、マフラーなどを身につけて、花粉が体につかないようにしているんですよ。／那是在預防感染花粉症，出門的時候戴上帽子、口罩、圍巾等，別讓花粉接觸到皮膚喔。

「～ようにする」是「要做到……」、「設法做到……」之意，前面可接動詞辭書形或否定形。

03月27日

やっぱり休日だけあって、人出も半端じゃないね。／因為是放假日，果然人潮衆多。

A：今日は道が込んでいるなあ。／今天道路好塞喔。

B：やっぱり休日だけあって、人出も半端じゃないね。／因為是放假日，果然人潮眾多。

「だけあって」是「真不愧……所以……」、「畢竟是……所以理所當然……」之意，接續方式為「名詞＋（である）」、「な形容詞＋な」、「い形容詞／動詞普通形直接加」。

気をつけなければならないことは何でしょうか。／必須要注意什麼呢？

A：明日の山登りなんですが、気をつけなければならないことは何でしょうか。／關於明天的登山行程，必須要注意什麼呢？

B：この時期だと、雪崩があるので、気をつけてください。／這個時期容易發生雪崩，請特別注意。

這邊要注意的是「気をつける」，是「注意」的意思，「気～」的片語很多，要特別注意其中所使用的助詞。

03月29日

開店と同時に観客が雪崩込んでいた。／開幕時湧入大批民眾。

A：新しくできたデパートはすごいですよ。／新蓋好的百貨公司很棒耶。

B：そうそう。開店と同時に客が雪崩込んでいた。／對呀對呀，開幕時湧入大批民眾。

「雪崩込む」在這裡是雙關語，形容群眾有如雪崩一樣，一擁而入的意思。

03月30日

さすが北村(きたむら)さん。／真不愧是北村先生。

A：ふう、やっと直(なお)った。／呼，終於修好了。

B：さすが北村(きたむら)さん。ありがとう。あしたのキャンプ、これがあれば、問題(もんだい)ないね。助(たす)かった。／真不愧是北村先生，謝謝。明天的露營，有了這個就沒問題了，真是幫了我一個大忙。

「さすが」是「真不愧、果然、的確」的意思，在這裡是褒獎別人的用法。「助(たす)かった」，直接翻譯是「幫助了」，但是在口語中可以翻譯成「真是幫了我一個大忙」，是十分常用的感謝語句。

長靴(ながぐつ)を履(は)いたほうがいいかもよ。／也許穿雨鞋會好一點。

A：雪解(ゆきど)けで道(みち)がシャーベット状態(じょうたい)になっているんですよ。／雪融了，道路變得像冰沙一樣，泥濘不堪。

B：長靴(ながぐつ)を履(は)いたほうがいいかもよ。／也許穿雨鞋會好一點。

「かも」是「かもしれません」的口語用法，接續方式兩者相同，前面接動詞、名詞、形容詞的普通型。

04月01日

初(はじ)めまして。/初次見面。

A：初(はじ)めまして、山田(やまだ)です。／初次見面，我姓山田。

B：初(はじ)めまして、陳(ちん)です。／初次見面，我姓陳。

在日本，4月是入學及進入新公司的季節。「初(はじ)めまして」是初次見面時最常用的句子。

どうぞ、よろしくお願(ねが)いします。/請多多指教。

A：どうぞ、よろしく。／請多多指教。

B：こちらこそ、どうぞよろしくお願(ねが)いします。／彼此彼此，請多多指教。

比起「どうぞよろしく」，使用「どうぞよろしくお願(ねが)いします」會較為客氣些。

04月03日

失礼(しつれい)ですが、お国(くに)は？／不好意思，請問是哪個國家？

A：失礼(しつれい)ですが、お国(くに)は？／不好意思，請問是哪個國家？

B：台湾(たいわん)です。／台灣。

問對方國家時，因為是關於隱私的問題，所以在「お国(くに)はどちらですか」或「お国(くに)は？」之前，可以先加上「失礼(しつれい)ですが」。

04月04日

あなたは日本(にほん)で何(なに)をしていますか。／你在日本是做什麼的？

A：陳(ちん)さんは日本(にほん)で何(なに)をしていますか。／陳先生在日本是做什麼的？

B：学生(がくせい)です。／是學生。

「何(なに)をしていますか」是問對方職業時的常用句型。

何(なに)を勉強(べんきょう)していますか。／學什麼的？

A：何(なに)を勉強(べんきょう)していますか。／學什麼的？

B：経済(けいざい)です。／經濟。

「何(なに)を勉強(べんきょう)していますか」是問對方專攻科目時的表現句型。回答時也能使用「経済(けいざい)を勉強(べんきょう)しています」。

あまり難(むずか)しくないです。／不會很難。

A：経済(けいざい)の勉強(べんきょう)は難(むずか)しいですか。／經濟很難學嗎？

B：いいえ、あまり難(むずか)しくないです。／不會，不會很難。

想表達「不太～」時，可用「あまり」。後面接否定型。

04月07日

あなたの趣味(しゅみ)は何(なん)ですか。/你的興趣是什麼？

A：陳(ちん)さんの趣味(しゅみ)は何(なん)ですか。／陳先生的興趣是什麼？

B：私(わたし)の趣味(しゅみ)はカラオケです。／我的興趣是唱卡拉OK。

問對方的興趣時可用「あなたの趣味(しゅみ)は何(なん)ですか」，而跟自己關係較好的可以省略為「あなたの趣味(しゅみ)は？」。

私(わたし)の趣味(しゅみ)は映画(えいが)を見(み)ることです。/我的興趣是看電影。

A：山田(やまだ)さんの趣味(しゅみ)は？／山田小姐的興趣是什麼？

B：私(わたし)の趣味(しゅみ)は映画(えいが)を見(み)ることです。／我的興趣是看電影。

回答自己的興趣時，可以名詞結尾「私の趣味(しゅみ)は（名詞）です」，亦可動詞原形加「こと」結尾「私(わたし)の趣味(しゅみ)は（辭書形）ことです」。

4月は桜の季節ですよ。／四月是櫻花的季節喔。

A：陳さん、4月は桜の季節ですよ。／陳先生，四月是櫻花的季節喔。

B：そうですか。／是嗎？

在日本，4月到處可見賞花人潮。日本氣象協會等機構也會提出「桜前線」的預測資訊，提供大家賞花時的參考。

04月10日

私はこれから公園へ桜を見に行きます。／我現在要去公園賞櫻花。

A：私はこれから公園へ桜を見に行きます。／我現在要去公園賞櫻花。

B：いいですね。／真好。

表達目的時像「食事」、「買い物」之類的名詞可直接使用，而動詞則是去掉「ます」來使用，像「ご飯を食べに行きます」、「服を買いに行きます」等等。

04月11日

あなたも一緒(いっしょ)に行(い)きませんか。／你要不要也一起去？

A：陳(ちん)さんも一緒(いっしょ)に行(い)きませんか。／陳先生要不要也一起去？

B：いいですね。／好啊。

在邀約對方時可用「一緒(いっしょ)に～ませんか」的句型來套用。

04月12日

お花見(はなみ)をする前(まえ)に、デパートでお弁当(べんとう)を買(か)いませんか。／賞櫻花前要不要去百貨公司買便當？

A：お花見(はなみ)をする前(まえ)に、デパートでお弁当(べんとう)を買(か)いませんか。／賞櫻花前要不要去百貨公司買便當？

B：いいですね。行(い)きましょう。／好啊，走吧。

想說「～吧」時，可用「～ましょう」的句型。例「食(たべ)ましょう（吃吧）」、「飲(の)みましよう（喝吧）」。

お弁当売り場はどこにありますか。/請問便當店在哪裡？

A：すみません。お弁当売り場はどこにありますか。／不好意思，請問便當店在哪裡？

B：お弁当売り場は地下一階にありますよ。／便當店在地下一樓。

問東西在哪裡時，可用「（物）はどこですか」或「（物）はどこにありますか」。

04月14日

おいしそう。/看起來好好吃。

A：たくさんお弁当がありますね。／有好多便當喔。

B：本当！おいしそう！／真的耶，看起來好好吃。

「おいしそう」意指「看起來～」，使用時イ形容詞要拿掉「い」、ナ形容詞要拿掉「な」後，再加「～そう」。

04月15日

私（わたし）は天（てん）ぷら弁当（べんとう）にします。／我要炸蝦便當。

A：私（わたし）は天（てん）ぷら弁当（べんとう）にします。／我要炸蝦便當。

B：私（わたし）はとんかつ弁当（べんとう）にします。／我要炸豬排便當。

當想表現「我要點～」時，可說「私（わたし）は（料理（りょうり）・飲（の）み物（もの））にします（我要點菜・飲料）」。

04月16日

駅（えき）にたくさん人（ひと）がいますね。／車站人很多耶。

A：駅（えき）にたくさん人（ひと）がいますね。／車站人很多耶。

B：若（わか）い人（ひと）たちは新（あたら）しいスーツを着（き）ていますね。／年輕人都穿上新套裝。

「あります」指無生命的所有一切，而「います」則是指有生命的「有」。

04月17日

だから新(あたら)しいスーツを着(き)ているんですね。/難怪會穿上新套裝。

A：あの人(ひと)たちは新入社員(しんにゅうしゃいん)ですよ。／那些人是新進職員。

B：ああ、だから新(あたら)しいスーツを着(き)ているんですね。／難怪會穿上新套裝。

想表達「所以」時，可用「だから」。更禮貌的說法則是「ですから」。

04月18日

ほら、公園(こうえん)に着(つ)きましたよ。/你看，公園到了。

A：ほら、公園(こうえん)に着(つ)きましたよ。／你看，公園到了。

B：わあ、桜(さくら)はきれいですね。／哇～，好漂亮的櫻花喔。

想提醒對方看的時候，可用「ほら」。表示驚訝時，可使用「わあ」。

04月19日

あの人（ひと）は歌（うた）を歌（うた）っています。／那個人在唱歌。

A：あの人（ひと）は歌（うた）を歌（うた）っていますよ。／那個人在唱歌喔。

B：あの人（ひと）は踊（おど）っていますね。／那個人在跳舞呢。

想說「正在……」的時候，用「～ています」的句型。

04月20日

みんな少（すこ）し酔（よ）っ払（ぱら）っています。／大家都有點醉了。

A：みんな少（すこ）し酔（よ）っ払（ぱら）っていますね。／大家都有點醉了。

B：日本人（にほんじん）はお酒（さけ）が好（す）きですね。／日本人蠻愛喝酒的。

中文的「醉」在日文說「酔（よ）っ払（ぱら）っている」。「醉漢」說「酔（よ）っ払（ぱら）い」。

日本(にほん)の乾杯(かんぱい)は全部(ぜんぶ)飲(の)まなければなりませんか。／日本的乾杯是要全部喝完的意思嗎？

A：日本(にほん)の乾杯(かんぱい)は全部(ぜんぶ)飲(の)まなければなりませんか。／日本的乾杯是要全部喝完的意思嗎？

B：いいえ、日本(にほん)の乾杯(かんぱい)は全部(ぜんぶ)飲(の)まなくてもいいです。／不，隨意就好。

想表達「一定要～」的時候，可將動詞變化成「ない形」加上「～なければならない」，想說「不～也可以時」，可使用「ない形」加上「～なくてもいい」。

04月22日

台湾(たいわん)はレストランでタバコを吸(す)ってもいいですか。／台灣的餐廳可以抽菸嗎？

A：台湾(たいわん)はレストランでタバコを吸(す)ってもいいですか。／台灣的餐廳可以抽菸嗎？

B：いいえ、吸(す)ってはいけません。／不，不能抽。

想表達「即使～也可以」的時候，可將動詞變化成「て形」，後面加上「～てもいいです」，想說「不可以～、不行～」時，可使用「～てはいけません」。

04月23日

あの桜(さくら)の下(した)で写真(しゃしん)を撮(と)りましょうか。
／在那棵櫻花樹下拍張照吧！

A：陳(ちん)さん、あの桜(さくら)の下(した)で写真(しゃしん)を撮(と)りましょうか。
／陳先生，在那棵櫻花樹下拍張照吧！

B：ええ、ありがとうございます。／好啊！謝謝！麻煩你了。

想要幫助別人時，可使用動詞的ます形，去掉「ます」，後面加上「～ましょうか」即可。

04月24日

はい、チーズ。／請微笑。

A：撮りますよ。はい、チーズ！／要拍了，請微笑。

B：ピース。／YA～

日本人在拍照時，拿著相機的人會喊「チーズ」，而被拍的人一般會比「YA」的手勢。「ピース」意指伸出食指和中指，張開成V字形。

04月25日

写真をもう一枚撮りましょう。／再拍一張吧！

A：写真をもう一枚撮りましょう。／再拍一張吧！

B：はい、お願いします。／好啊，麻煩你了。

想要說「再一張、再一杯、再一個……」時，可以在數量詞前加上「もう」，例如「もう一枚」、「もう一杯」、「もう一つ」等。

04月26日

この写真、メールで送りましょうか。／這張照片用mail傳吧！

A：この写真、メールで送りましょうか。／這張照片用mail傳吧！

B：え！？いいんですか。ありがとうございます。／好嗎？真是謝謝你了。

助詞「で」有多種使用方法，例如表示做該動作的地點、方法或手段等，這個會話文的「で」是後者。

04月27日

メール・アドレスを教(おし)えていただけますか。／可以告訴我你的收信帳號嗎？

A：メール・アドレスを教(おし)えていただけますか。／可以告訴我你的收信帳號嗎？

B：123@456.twです。／是123@456.tw

想要請求他人協助時，可將動詞加上「～ていただけますか」。

楽(たの)しみにしています。／期待你的來信。

A：今晩(こんばん)すぐにメールを送(おく)りますね。／今天晚上馬上寄mail給你。

B：はい、楽(たの)しみにしています。／謝謝，期待你的來信。

表示「很期待」有2種說法，一種是動詞的「楽(たの)しみにしています」，另一種是名詞的說法「楽(たの)しみです」。

今晩一緒に食事でもどうですか。／今天晚上能一起用個餐嗎？

A：あの～、今晩一緒に食事でもどうですか。／今天晚上能一起用個餐嗎？

B：すみません。今日はちょっと……。／抱歉！今晚有一點不方便。

想要邀約別人時，可以說「～でもどうですか」，更禮貌的說法為「～でもいかがですか」；想要委婉地回絕對方時可以用「今日はちょっと……（今天有點不方便）」、「食事はちょっと……（吃飯有點不方便）」、「お酒はちょっと……（喝酒有點不方便）」等等。

今日は恋人の誕生日ですから、早く帰らなければなりません。／今天是女友生日，要早一點回去。

A：何か予定があるんですか。／有什麼行程嗎？

B：今日は恋人の誕生日ですから、早く帰らなければなりません。／今天是女友生日要早一點回去。

想要表達「因為……所以……」時，可使用「～から～」。

05月01日

ゴールデンウイークが始(はじ)まりましたね。
／黄金週開始了耶！

A：今日(きょう)からゴールデンウイークが始(はじ)まるよ。どっか行(い)こうよ。／從今天起黃金週開始了耶，一起出去玩吧。

B：え～、うちでごろごろしたい。／嗯～，但是我想待在家裡。

4月29日到5月5日之間有4天是國定假日，加上週六、週日有時有一個星期左右的連續假期。

05月02日

じゃ、新(あたら)しくできたアウトレットモールに行(い)こうよ。／那我們去新開的暢貨中心吧。

A：ねぇ。ゴールデンウイークだし、どこか行(い)かない？／那個……黃金週要不要去哪裡玩啊？

B：じゃ、新(あたら)しくできたアウトレットモールに行(い)こうよ。／那我們去新開的暢貨中心吧。

最近日本各地開了許多暢貨中心，假日有很多客人相當熱鬧。

じゃ、テレビで紹介していた食べ放題の店に行かない？／那要不要去電視介紹的吃到飽餐廳啊？

A：退屈だ～。／好無聊喔。

B：じゃ、テレビで紹介していた食べ放題の店に行かない？／那要不要去電視介紹的吃到飽餐廳啊？

日本有燒肉、壽司和蛋糕等吃到飽的店。著名飯店的午餐及晚餐的吃到飽人氣很高。

05月04日

あぁ～食べ過ぎた。／啊，吃太飽了。

A：あぁ～、食べすぎた。／啊，吃太飽了。

B：あぁ～、飲みすぎた。酔っぱらっちゃった。／啊，喝太多了。醉了。

想說「太……」的時候，使用ます形，說成「買いすぎた（買太多）」、「飲みすぎた（喝太多）」。使用い形容詞和な形容詞時，可說成「早すぎた（太早了）」、「派手すぎた（太花俏）」。「～すぎた」含有反省的意思在。

05月05日

子供(こども)の日(ひ)。／兒童節。

A：今日(きょう)は子供(こども)の日(ひ)だよ。／今天是兒童節喔。

B：じゃ、鯉(こい)のぼりを飾(かざ)りましょう。／那麼我們來掛鯉魚旗吧。

以前的5月5日是男孩的節日，現在改為兒童節，重視小孩的人格發展及幸福的同時，也成為感謝母親的日子。

05月06日

マジつらいっす。／眞是痛苦。

A：あぁ～、今日(きょう)からまた仕事(しごと)ですね。／唉，今天開始又要工作了。

B：はぁい、マジつらいっす。／唉，真是痛苦。

「マジ」是年輕人的用語，有「真的嗎？」「認真的」的意思。「っす」也是年輕人用語，是「～です」的意思。兩者都是男生使用的詞。

しまった！財布(さいふ)をうちに忘(わす)れた。／糟糕了，錢包放在家裡。

A：しまった！財布(さいふ)をうちに忘(わす)れた。／糟糕了，錢包放在家裡。

B：仕方(しかた)がないな。じゃ、貸(か)してあげる。明日(あした)ちゃんと返(かえ)してね。／真是的，先借你吧。明天記得要還喔。

「しまった」是在失敗時經常使用的句子，表示「完了」「糟了」等負面情況。

五月病(ごがつびょう)かもしれないよ。／可能是得了五月病了。

A：あの新入社員(しんにゅうしゃいん)、最近元気(さいきんげんき)がないね。／那個新進員工最近沒什麼精神耶。

B：うん、五月病(ごがつびょう)かもしれないよ／對啊，可能是得了五月病了。

所謂的五月病，是指4月入學和進入新公司的新進人員，因為無法適應新環境，導致精神上不穩定。常常被拿來使用，但不是正式的病名。

05月09日

ぱあ～とストレス発散（はっさん）しましょう。／狂歡一下來解除壓力了。

A：ねえ、今日新入社員（きょうしんにゅうしゃいん）のために飲（の）み会（かい）を開（ひら）かない？
／那個……今天要不要幫新進員工舉辦歡迎會啊？

B：いいね。久（ひさ）しぶりに、ぱあ～とストレス発散（はっさん）しましょう。／好啊，好久沒有狂歡一下來解除壓力了。

「ために」是「為了～」的意思。狂歡解除壓力時，通常會說「ぱあ～とストレス発散（はっさん）する」。

05月10日

今日（きょう）は母（はは）の日（ひ）ですよ。／今天是母親節喔。

A：今日（きょう）は母（はは）の日（ひ）ですよ。／今天是母親節喔。

B：じゃあ、駅（えき）で赤（あか）いカーネーションを買（か）って帰（かえ）りましょう。／那在車站買紅色的康乃馨回家吧。

在日本，5月的第二個星期日是母親節，固定送的禮物有紅色康乃馨、蛋糕、圍裙、飾品。

ねぇ、ティッシュちょうだい。／給我衛生紙。

A：くしゃみばかりして、どうしたの？／一直打噴涕，怎麼了？

B：花粉症(かふんしょう)なんだ。ねぇ、ティッシュちょうだい。／得了花粉症了。給我衛生紙。

到了春天變溫暖時，在日本許多的花粉會開始四處飛，花粉過敏的人會不斷打噴涕，眼睛癢。「～ちょうだい」是對較親近的人說的，相當於「～をください」。

05月12日

昨日(きのう)の映画(えいが)はイマイチだった。／昨天的電影少了點什麼。

A：昨日(きのう)の映画(えいが)どうだった？／昨天的電影怎麼樣？

B：う～ん、昨日(きのう)の映画(えいが)はイマイチだった。／嗯，昨天的電影少了點什麼。

「イマイチ」在感覺不太好時，或是不太滿足時使用。

05月13日

見（み）る価値（かち）あるわよ。／很值得看喔。

A：君（きみ）が昨日（きのうみ）見たDVD、どうだった。／你昨天看的DVD怎麼樣？

B：感動（かんどう）したわ。見（み）る価値（かち）あるわよ。／太感動了。很值得看喔。

跟別人推薦時，使用辭書形的「見（み）る価値（かち）がある（值得看）」、「行く価値（かち）がある（值得去）」或是「食（た）べる価値（かち）がある（值得吃）」等說法。

05月14日

あの笑顔（えがお）がたまらない。／那個笑容眞是太迷人了。

A：営業部（えいぎょうぶ）の林（はやし）さん、かっこいいわね。／營業部的林先生好帥喔。

B：うん、あの笑顔（えがお）がたまらないわ。／嗯，那個笑容真是太迷人了。

看到帥的人時，說「かっこいい」。「～がたまらない」是表示非常棒，是想說「實在太棒」時的說法。

ちょっとダサい。田舎(いなか)っぽい。／有點俗氣，有點土。

A：私(わたし)の今日(きょう)の服(ふく)、どう？／我今天的衣服怎麼樣啊？

B：ちょっとダサい。田舎(いなか)っぽい。／有點俗氣，有點土。

「ダサい」是年輕人的用語，指俗氣的意思。

05月16日

お酒(さけ)もずいぶんいけるらしいよ。／好像連酒量也非常好。

A：秘書課(ひしょか)の鈴木(すずき)さん、仕事(しごと)もできるし、きれいだね。／秘書室的鈴木小姐，不但工作能力強，長的也漂亮。

B：うん。お酒(さけ)もずいぶんいけるらしいよ。／嗯～好像連酒量也非常好。

想表達酒量好時，可使用「あの人(ひと)はお酒(さけ)がいける」、「お酒(さけ)が強(つよ)い」等。

05月17日

最近恋人(さいきんこいびと)とうまくいってる？/最近和男朋友還好嗎？

A：あなた、最近恋人(さいきんこいびと)とうまくいってる？／你最近和男朋友還好嗎？

B：うん、遠距離恋愛(えんきょりれんあい)だけど、ラブラブよ。／是啊，雖然是遠距離戀愛，但非常恩愛呢！

戀愛或事業非常順利時，可以用「うまくいってる」。「ラブラブ」意指相親相愛，感情極要好的意思。

05月18日

一目惚(ひとめぼ)れなの。/是一見鍾情呢！

A：ねぇ、彼(かれ)のどこが好(す)きなの？／你喜歡男友的哪一點？

B：顔(かお)。一目惚(ひとめぼ)れなの。／臉吧！是一見鍾情呢！

男朋友在日文中稱為「彼(かれ)」或「彼氏(かれし)」，而女朋友則是「彼女(かのじょ)」。

そろそろ婚活(こんかつ)しようか。／是不是該參加婚友社了？

A：どこかにいい男(おとこ)の人(ひと)がないかなぁ。／哪裡有好男人呢？

B：私(わたし)たちももう２７歳(にじゅうななさい)だし、そろそろ婚活(こんかつ)しようか。／我們也已27歲了，是不是該參加婚友社了？

為尋求結婚對象，參加相親活動、出席相關餐會等都稱之為「婚活(こんかつ)」。另一方面，日本大學生在大三那一年開始的就業活動則稱之為「就活(しゅうかつ)」。

05月20日

今日(きょう)の合(ごう)コン、オタクとマザコンばっかりだね。／今天的聯誼，不是宅男就是一堆戀母情結的。

A：今日(きょう)の合(ごう)コン、オタクとマザコンばっかりだね。
／今天的聯誼，不是宅男就是一堆戀母情結的。

B：うん、収穫(しゅうかく)なしだわ。生(なま)ビール、お代(か)わり！
／是啊，完全沒收穫。老闆～，再給我一杯啤酒。

男生相約一組人，女生相約一組人，兩方見面一起用餐、喝酒，稱之為「合(ごう)コン」。但因自暴自棄借酒澆愁則是「やけ酒(ざけ)を飲(の)む」。事情總是進行的不如意時，藉著食物發洩稱為「やけ食(ぐ)いをする」。

05月21日

あの男(おとこ)の人(ひと)、ワイルドで肉食系(にくしょくけい)で、私(わたし)のタイプだわ。／他是粗獷型又是肉食男，是我要的型呢！

A：あの男(おとこ)の人(ひと)、ワイルドで肉食系(にくしょくけい)で、私(わたし)のタイプだわ。／他是粗獷型又是肉食男，是我要的型呢！

B：私(わたし)はあの草食系(そうしょくけい)でかわいい男(おとこ)の子(こ)が好(す)き。守(まも)ってあげたい。／我比較喜歡草食男又可愛型的，感覺我可以保護他。

在日本，具有野性魄力、力氣強大的男生稱為「肉食系男子」。相反地，瘦弱又溫柔的男生，就稱為「草食系男子」。

あなたが結婚相手に求める第一条件って何？／你對於結婚對象所要求的首要條件是什麼？

A：あなたが結婚相手に求める第一条件って何？／你對於結婚對象所要求的首要條件是什麼？

B：やっぱり優しさ。それと容姿、学歴、収入、資産、家柄……／不外乎是溫柔，還有外表、學歷、收入、資產、家世……

以前、日本女性在徵求結婚對象時的條件有「3高（高身長・高学歴・高収入）」、但最近因天災不斷及不景氣影響，追求收入及精神上安定的女性增加，進而轉變成「3安（安らぎ・安定・安心）」。

05月23日

お前(まえ)はどんな女(おんな)の子(こ)が好(この)み？／你喜歡怎樣的女孩？

A：おい、お前(まえ)はどんな女(おんな)の子(こ)が好(この)み？／你喜歡怎樣的女孩？

B：俺(おれ)は清楚(せいそ)で、お嬢様(じょうさま)タイプが好(す)き。／我喜歡清純、有大小姐樣的女孩。

依人的個性、性情做分類時可說「○○タイプ」或「○○系」。

05月24日

キャバすぎる。ありえない。／風塵味過重，無法接受。

A：あの子(こ)はどう？／你覺得她如何？

B：ケバすぎる。ありえない、ありえない。／風塵味過重，無法接受。

濃妝豔抹、裝扮過於花俏的年輕女子稱為「ケバい」。

俺(おれ)、スタイルがいい子(こ)に興味(きょうみ)がないんだ。／我不喜歡身材好的女生。

A：お前(まえ)はどんな女(おんな)の子(こ)がタイプ？／你喜歡哪一類型的女孩？

B：あのぽっちゃりしている子(こ)。俺(おれ)、スタイルがいい子(こ)に興味(きょうみ)がないんだ。／有點豐腴的，我不喜歡身材好的女生。

對有點豐腴的人會形容為「ぽっちゃりしている」。當然對本人這句話是較為失禮的。

05月26日

男(おとこ)なら、ダメモトで告白(こくはく)しろよ。／如果是男人，就不要畏懼，告白吧！

A：俺(おれ)、経理課(けいりか)の山本(やまもと)さん、好(す)きなんだよなぁ。でも勇気(ゆうき)がなくて……。／我好喜歡會計課的山本小姐，但沒勇氣。

B：何(なに)をビビってるんだ。男(おとこ)なら、ダメモトで告白(こくはく)しろ。／幹嘛害怕！如果是男人，就不要畏懼，告白吧！

「ビビる」是年輕人用語，為害怕的意思。「ダメモト」是「駄目(だめ)で元々(もともと)」的簡稱、意指失敗也無妨先挑戰看看再說，若是成功就非常幸運，若是失敗也將不後悔。

05月27日

僕と付き合ってください。／跟我交往吧！

A：山本さん、僕と付き合ってください。／山田小姐，跟我交往吧！

B：ごめんね。私、チビ、デブ、ハゲは嫌いなの。／抱歉！我討厭身高矮、小胖仔、禿頭呢。

希望對方跟我交往時，可以說「付き合ってください」。若已是交往中男女朋友會說「二人は付き合っている」。「チビ、デブ、ハゲ」為歧視用語，但也是女性所不喜歡的三大特徵。

05月28日

僕、山本さんにふられちゃった。／我被山田小姐甩了……

A：僕、山本さんにふられちゃった。／我被山田小姐甩了……

B：よし！今夜は飲もう！朝まで付き合うよ。／好吧！今晚來喝一杯，陪你喝通宵。

想表達（甩）時可用「ふる」，被動形為「ふられる」。「付き合う」也可以是已成為一對情侶時的用詞，與另一半一起行動、一起完成某些事的意思。

05月29日

ドタキャンされちゃった。／臨時拒絕了。

A：昨日(きのう)、初(はつ)デートの約束(やくそく)したのに、ドタキャンされちゃった。／昨天，原本已約好的第一次約會，卻被臨時拒絕了。

B：それは災難(さいなん)だったね。でも、それは脈(みゃく)なしってことかな……。／真是悲慘，那表示已毫無希望可言了。

「ドタキャン」是「土壇場(どたんば)でキャンセルする」的簡稱。意思是在已約定的時間的前一秒取消約定。「脈(みゃく)なし」是在戀愛用語中常用的單字，可能性非常低、不用期待的意思。相反的用語是「脈(みゃく)あり」。

05月30日

すっぽかされた。／被放鴿子。

A：今日(きょう)、デートだったのに、相手(あいて)にすっぽかされた。／今天明明相約要見面，卻被放鴿子。

B：それはひどいわね。最低(さいてい)だわ。／真是過份，低級。

「すっぽかす」是到了約定時間，卻沒任何連絡，也沒出現在約定的場所。被動形為「すっぽかされる」。

05月31日

それはごちそうさまでした。／飽了！飽了！

A：私(わたし)の彼(かれ)、イケメンで、優(やさ)しくて、お金持(かねも)ちで……。／我的男友超帥又溫柔，還是個多金男……

B：はい、はい、よかったね。それはごちそうさまでした。／是、是，那真是太好了。飽了！飽了！

「イケメン」是「ハンサム」的年輕人用語。「ごちそうさまでした」本來是吃完飯後時使用的用語，但當某人開始稱讚她的男朋友而你又不想聽時，可帶點諷刺的口吻說「ごちそうさまでした」。

ああ、今日(きょう)から学生(がくせい)は衣替(ころもが)えですね。／那個啊，學生從今天開始換季。

A：あ、あの学生(がくせい)はもう夏(なつ)の制服(せいふく)を着(き)ていますよ。／你看，那個學生已經穿夏季制服了。

B：ああ、今日(きょう)から学生(がくせい)は衣替(ころもが)えですね。／那個啊，學生從今天開始換季。

在日本，6月1日和10月1日叫「衣替(ころもが)え」，是制服換季的日子。學生和銀行人員等穿制服的人，從這一天開始將冬季制服換成夏季制服，將夏季制服換成冬季制服。

衣替(ころもが)えの季節(きせつ)ですが、まだ肌寒(はださむ)いですね。／已經是換季的季節了，但還是有點涼。

A：衣替(ころもが)えの季節(きせつ)ですが、まだ肌寒(はださむ)いですね。／已經是換季的季節了，但還是有點涼。

B：ええ、まだ長袖(ながそで)の服(ふく)が必要(ひつよう)ですね。／對啊，還是需要長袖的衣服。

中文的（涼）在日文說「肌寒(はださむ)い」。在日本從7月開始漸漸變熱，日本的夏天濕氣很重，所以很悶熱。「悶熱」日文的說法是「蒸(む)し暑(あつ)い」。

06月03日

もうクーラーをつけて、寝(ね)ていますか。／已經開著冷氣睡了嗎？

A：もうクーラーをつけて、寝(ね)ていますか。／已經開著冷氣睡了嗎？

B：いいえ、まだクーラーをつけないで、寝(ね)ています。／沒有，還沒開著冷氣睡覺。

想說在前一句的狀態下做後一句事情的時候，用て形「～て、～」，或是用ない形「～ないで、～」的句型。

06月04日

すみません。私(わたし)は寒(さむ)がりなんですが……。／不好意思，可是我怕冷……。

A：すみませんが、私(わたし)、暑(あつ)がりなので、クーラーをつけてもいいですか。／不好意思，我因為怕熱，可不可以開冷氣。

B：すみません。私(わたし)は寒(さむ)がりなんですが……。／不好意思，可是我怕冷……。

中文的（怕熱）在日文說「暑(あつ)がり」， 相反的，中文的（怕冷）在日文說「寒(さむ)がり」。其它還有形容什麼都害怕的人說「怖(こわ)がり」；充滿好奇心的，什麼都想知道的人說「知(し)りたがり」。

今日（きょう）は省（しょう）エネに挑戦（ちょうせん）しましょう。／今天就來挑戰一下省電吧。

A：今日（きょう）は環境（かんきょう）の日（ひ）ですよ。／今天是世界環境日喔。

B：じゃ、今日（きょう）は省（しょう）エネに挑戦（ちょうせん）しましょう。／那麼，今天就來挑戰一下省電吧。

世界環境日是為了紀念從1972年6月5日在斯德哥爾摩舉行為期2週的「聯合國環境會議」中接受日本的提案，聯合國也訂定6月5日為「世界環境日」。

何（なに）か地球（ちきゅう）に優（やさ）しいことしてる？／有在做什麼愛地球的事嗎？

A：あなた、何（なに）か地球（ちきゅう）に優（やさ）しいことしてる？／你有在做什麼愛地球的事嗎？

B：うん。エコバッグも持（も）ってるし、マイ箸（ばし）も使（つか）ってるよ。／有啊，有攜帶環保袋，也使用環保筷。

所謂的「愛地球」就是不破壞地球的環境，為了守護地球要實際行動的意思。

06月07日

あの人、車からタバコの吸殻をポイ捨てしたわよ。／那個人從車子裡面把菸蒂隨手亂丟。

A：あの人、車からタバコの吸殻をポイ捨てしたわよ。／那個人從車子裡面把菸蒂隨手亂丟。

B：高級車に乗ってるのに、マナーが悪いね。／開著高級車卻不守規矩。

在路上隨地丟煙蒂和空瓶的說法「ポイ捨て」。在日本道路上抽菸或是隨地亂丟是會被罰錢的。

06月08日

もったいない。／好浪費。

A：あれ？この自転車、まだ使えるのに、捨ててあるよ。／咦，這台腳踏車還可以騎卻被丟在這裡。

B：本当だ。もったいない。／真的，好浪費。

「もったいない」是還可以用或是還可以吃的東西卻丟掉，覺得可惜時使用的詞。2004年諾貝爾和平獎的得獎人已故旺加里．馬塔伊（Wangari Muta Maathai）女士將日文的「もったいない」做為保護環境的國際語推廣到全世界，「MOTTAINAI」一詞及其精神就此發揚到全世界。

ちゃんとゴミを分別（ぶんべつ）してください。/請做好垃圾分類。

A：あら、あなた、ちゃんとゴミを分別（ぶんべつ）してください。／喂，請你做好垃圾分類。

B：あっ、ごめん。リサイクルできるゴミはこのゴミ箱（ばこ）に捨（す）てるのね。／啊，對不起，可以回收的垃圾是丟這個垃圾筒吧。

最近為了解決垃圾問題，提唱推動1. Reduce（減少製造垃圾）、2. Reuse（再使用）、3. Recycle（垃圾再生利用）3R。Reduce（リデュース）是指盡可能減少垃圾，不要製造垃圾。Reuse（リユース）是指回收製成品或零件，再將它重覆使用。Recycle（リサイクル）是指將回收的製成品或零件變成其它的東西，再度使用。

06月10日

最近(さいきん)、地球温暖化(ちきゅうおんだんか)が問題(もんだい)になっているんだって。／最近，聽說地球暖化成了問題了。

A：最近(さいきん)、地球温暖化(ちきゅうおんだんか)が問題(もんだい)になっているんだって。

／最近，聽說地球暖化成了問題了。

B：そうだね。酸性雨(さんせいう)、地球(ちきゅう)の砂漠化(さばくか)、環境汚染(かんきょうおせん)、それはもともと全部人間(ぜんぶにんげん)が作(つく)り出(だ)したものだよ。

／對啊，酸性雨、地球砂漠化、環境污染都是人類製造出來的東西。

從別人那聽到的，或是在報紙、電視看到的事情，想告訴親近的人時，用普通形「～んだって」的句型。ナ形容詞和名詞時，用「～なんだって」。

沖縄(おきなわ)は今日(きょう)から梅雨(つゆ)に入(はい)ったそうですよ。／聽說沖繩今天開始進入梅雨季耶。

A：あっ、雨(あめ)が降(ふ)ってきた。／啊，下起雨來了。

B：沖縄(おきなわ)は今日(きょう)から梅雨(つゆ)に入(はい)ったそうですよ。／聽說沖繩今天開始進入梅雨季耶。

梅雨季開始在日文說「梅雨(つゆ)に入(はい)る」。在南北狹長的日本，櫻花和梅雨都從沖繩開始，而楓葉和下雪則是從北海道開始。

06月12日

早(はや)く梅雨(つゆ)が明(あ)けないかなぁ。／不知道梅雨季會不會趕快結束。

A：紫陽花(あじさい)、きれいですね。／繡球花好漂亮喔。

B：きれいだけど、早(はや)く梅雨(つゆ)が明(あ)けないかなぁ。／雖然很美，但是不知道梅雨季會不會趕快結束。

在日本，6月的花指的就是繡球花。繡球花會因土壤的PH值（酸性）而改變花的顏色。一般來說，土壤是酸性的話就是藍色花，鹼性的話就會開紅花。梅雨季結束在日文說「梅雨(つゆ)が明(あ)ける」。

06月13日

毎日(まいにち)じめじめして、嫌(いや)な天(てん)気。／每天都好潮溼，真是討厭的天氣。

A：毎日(まいにち)じめじめして、嫌(いや)な天気(てんき)。／每天都好潮溼，真是討厭的天氣。

B：ホント、洗濯物(せんたくもの)がなかなか乾(かわ)かなくて、困(こま)るわ。／真的，洗的衣服很難乾，真困擾。

「じめじめしている」是形容溼氣很重，不舒服的樣子。「ホント」是「本当(ほんとう)」會話用的表現方式。

06月14日

梅雨(つゆ)の季節(きせつ)はカビや食中毒(しょくちゅうどく)に気(き)をつけたほうがいいよ。／梅雨季要小心發霉和食物中毒比較好喔。

A：あっ、パンにカビが生(は)えてる！／你看，麵包發霉了。

B：ああ、梅雨(つゆ)の季節(きせつ)はカビや食中毒(しょくちゅうどく)に気(き)をつけたほうがいいよ。／對啊，梅雨季要小心發霉和食物中毒比較好喔。

中文說（做什麼比較好）時，在日文用た形「～たほうがいい」的句型，說（不要做什麼比較好）時，也可使用ない形「～ないほうがいい」的句型。

06月15日

大雨(おおあめ)が降(ふ)ってきたよ。／下起大雨了。

A：わぁ～、大雨(おおあめ)が降(ふ)ってきたよ。／哇！下起大雨了。

B：さっきまで小雨(こさめ)だったのにね。／剛剛還只是小雨。

日文中大雨說成「大雨(おおあめ)」，小雨說成「小雨(こさめ)」。

06月16日

洪水(こうずい)や土砂崩(どしゃくず)れの恐(おそ)れがある地域(ちいき)に避難勧告(ひなんかんこく)が出(で)たそうですよ。／對於有洪水氾濫及土石流地區的民衆進行避難勸導。

A：最近(さいきん)の大雨(おおあめ)で、各地(かくち)で大(おお)きい被害(ひがい)が出(で)ているそうですよ。／最近因為大雨各地都傳出災害。

B：洪水(こうずい)や土砂崩(どしゃくず)れの恐(おそ)れがある地域(ちいき)に避難勧告(ひなんかんこく)が出(で)たそうですよ。／對於有洪水氾濫及土石流地區的民衆進行避難勸導。

「最近(さいきん)の大雨(おおあめ)で」的「で」是表原因理由，與名詞一同使用。「恐(おそ)れがある」是指有那種擔心、危險的意思，與名詞一同使用時「～の恐(おそ)れがある」。

お父(とう)さんに新(あたら)しい半袖(はんそで)のシャツをプレゼントしましょう。／給爸爸買件短袖襯衫吧！

A：今週(こんしゅう)の日曜日(にちようび)は父(ちち)の日(ひ)よ。／這週的星期天是父親節。

B：じゃ、お父(とう)さんに新(あたら)しい半袖(はんそで)のシャツをプレゼントしましょう。／那麼，給爸爸買件短袖襯衫吧！

在日本六月的第三個星期為父親節。最近送的禮品主要都以酒、領帶、皮包為主。

06月18日

メタボにならないように気(き)をつけなくちゃ。／希望不是內臟脂肪型肥胖才好。

A：お父(とう)さん、最近(さいきん)お腹(なか)がずいぶん出(で)てきたわね。／爸，最近肚子鑾凸的喲。

B：そうだね。メタボにならないように気(き)をつけなくちゃ。／是呀！希望不是內臟脂肪型肥胖才好。

「メタボ」是「メタボリックシンドローム（metabolic syndrome）」的通稱，高血壓、糖尿病、高血脂等合併2種以上則稱之為內臟脂肪型肥胖。「～なくちゃ」跟「～なければいけない」有著一樣的意思，有其必要性、義務時所使用。「～なくちゃ」使用在跟你較為親近的人。

06月19日

日本人(にほんじん)の三大疾病(さんだいしっぺい)は、癌(がん)、心筋梗塞(しんきんこうそく)、脳卒中(のうそっちゅう)だそうですよ。／日本三大疾病分別爲癌症、心肌梗塞、腦中風。

A：日本人(にほんじん)の三大疾病(さんだいしっぺい)は、癌(がん)、心筋梗塞(しんきんこうそく)、脳卒中(のうそっちゅう)だそうですよ。／日本三大疾病分別為癌症、心肌梗塞、腦中風。

B：俺(おれ)もそろそろ新(あたら)しい保険(ほけん)に入(はい)ろうかな。／我也差不多要保些新保險了。

根據日本衛生署調查，有60%的人是死於癌症、心肌梗塞、腦中風。

06月20日

薬（くすり）飲（の）んだら？／要不要吃個藥。

A：あぁ～、頭痛（あたまいた）い。二日酔（ふつかよ）いだ。／啊～頭痛！是宿醉。

B：大丈夫（だいじょうぶ）？じゃ、薬（くすり）飲（の）んだら？／有沒有關係？要不要吃個藥。

對於關係較為親近的人，在勸說、提案時可用「～たら？」。較為客氣的用法為「～たらどうですか？」或「～たらいかがですか？」。

06月21日

わかっているんだけど、やめられないんだよね。／雖然知道，但是停不了。

A：ファストフードやインスタント食品（しょくひん）は体（からだ）によくないわよ。／速食或泡麵之類的東西對身體不好。

B：わかっているんだけど、やめられないんだよね。／雖然知道，但是停不了。

速食的日文為「ファストフード」或「ファーストフード」。

06月22日

えっ？それって催促（さいそく）？

A：ねえ、ねえ、今日（きょう）はショートケーキの日（ひ）なんだよ。／今天是草莓蛋糕日哦！

B：えっ？それって催促（さいそく）？／咦～，那是叫我快點去買的意思嗎？

在日本說到蛋糕想到的可能是海綿蛋糕抹上鮮奶油後再放上草莓。從月曆上的22日上頭都剛好是15日（いち・ご=イチゴ），所以每個月的22日即是草莓蛋糕日。

06月23日

もう破産（はさん）しそう。／已經破產了。

A：6月（ろくがつ）は結婚式（けっこんしき）が多（おお）いね。／6月的婚宴還真多。

B：私（わたし）、今月二（こんげつふた）つも出席（しゅっせき）したわ。もう破産（はさん）しそう。／我這個月就有2個，已經破產了！

從歐洲傳來的傳說：在6月結婚就會得到幸福，所以在6月結婚的人很多。在日本，結婚典禮一般在神社或教會舉行，而宴客則在飯店或餐廳。社會人士在出席宴客時，祝賀的紅包為3萬日元。

06月24日

できちゃった婚（こん）だから、本当（ほんとう）は新郎（しんろう）と妊婦（にんぷ）じゃない。

A：ほら、新郎（しんろう）と新婦（しんぷ）が入場（にゅうじょう）するわよ。／啊，新郎和新娘入場了呢

B：できちゃった婚（こん）だから、本当（ほんとう）は新郎（しんろう）と妊婦（にんぷ）じゃない？／因為是先有後婚，所以是新郎和孕婦吧！

以前都是先婚後有，近年先有小孩後再辦理入籍的情侶增多了。像這樣的情形稱為「できちゃった婚（こん）」，「～ちゃった」是「～てしまった」的口語表現，有著失敗的意思，給人印象不好，所以最近有人會改說為「おめでた婚（こん）」或「授（さず）かり婚（こん）」。

あの新郎新婦（しんろうしんぷ）、新婚早々（しんこんそうそう）、週末婚（しゅうまつこん）だんだった。／那對新人聽說婚後即分隔兩地，成爲假日夫妻啊！

A：あの新郎新婦（しんろうしんぷ）、新婚早々（しんこんそうそう）、週末婚（しゅうまつこん）するんだった。／那對新人聽說婚後即分隔兩地，成為假日夫妻啊！

B：ご主人（しゅじん）が仙台（せんだい）に単身赴任（たんしんふにん）するって言（い）ってましたよ。／說是老公方面要前往仙台工作。

「早々（そうそう）」是之後馬上的意思，彼此因為工作的關係平日分居，只有在週末或假日能一起生活的形式稱為「週末婚（しゅうまつこん）」。

06月26日

最近（さいきん）、過労気味（からうぎみ）だから、リラックスしたい～。／最近有點疲勞，眞想放鬆一下。

A：今日（きょう）は露天風呂（ろてんぶろ）の日（ひ）だから、スーパー銭湯（せんとう）に行（い）かない？／今天是露天溫泉日，要不要去超級錢湯呀？

B：いいね。最近（さいきん）、過労気味（かろうぎみ）だから、リラックスしたい～。／好啊！最近有點疲勞，真想放鬆一下。

在日本6月26日「6・26（ろ・てん・ふ・ろ）」讀成「露天風呂（ろてんぶろ）」所以為露天溫泉日。一邊泡著露天溫泉一邊欣賞著春天所帶來的櫻花、秋天的紅葉、冬天的雪景，別有一番風味。超級錢湯跟一般錢湯不同，它設有SPA、按摩、體雕、護膚還有餐廳等，也有從地下引出溫泉。「気味（きみ）」與名詞一同使用，意思是有點那種樣子、傾向，「太り気味（ふとりぎみ）」或「風邪気味（かぜぎみ）」等與負面的名詞一同使用。

06月27日 099

温泉に入る前に、必ずシャワーを浴びてくださいね。／進入溫泉時要先沖澡。

A：温泉に入る前に、必ずシャワーを浴びてくださいね。／進入溫泉時要先沖澡。

B：はい、でもちょっと恥ずかしいですね。／好，不過還真有點不好意思呢。

想表現「在什麼之前」時，辭書形＋「前に」。在日本一定要洗完澡後才能進入溫泉或浴池泡澡，還有因為衛生上的考量絕不能包著浴巾或毛巾入浴池。出浴池時一定要在浴室將身體擦乾，再走到置物處才有禮貌。

06月28日

知り合いにすっぴんを見られるなら、死んだほうがましだわ。／我比起被看到全裸，素顏還比較丟臉。

A：私、裸を見られるより、すっぴんを見られるほうがずっと恥ずかしい。／我比起被看到全裸，素顏還比較丟臉。

B：そうね。知り合いにすっぴんを見られるなら、死んだほうがましだわ。／是啊！被認識的人看見素顏的樣子，倒不如死了算了。

「すっぴん」是完全沒上妝的意思。「Aなら、Bのほうがましだ」A也不好B也不好，但若一定要選就選B還比較好的意思，在日本化粧前與化粧後截然不同的女生也不少。

06月29日

あとで、エステに行(い)かない？／待會兒要不要去護膚呢？

A：あとで、エステに行(い)かない？／待會兒要不要去護膚呢？

B：私(わたし)、ネールアートしてもらいたい。／我想要指甲彩繪。

「あとで」是「之後」的意思。也有動詞的タ形「～た後(あと)で～」的用法。指甲上彩繪、貼上飾品稱為「ネールアートをする」。

06月30日

風呂上(ふろあが)りと来(き)たら、やっぱりビールですよね。／泡完澡後還是啤酒最棒。

A：乾杯(かんぱい)！！くぅ～、風呂上(ふろあが)りの一杯(いっぱい)は最高(さいこう)ですね。／乾杯！啊～泡完澡來一杯最棒了。

B：ええ。風呂上(ふろあが)りと来(き)たら、やっぱりビールですよね。／是啊！泡完澡後還是啤酒最棒。

泡完澡稱為「風呂(ふろ)から上(あ)がる」。「Aと来(き)たらB」是A的話還是B最棒最好。洗完澡或泡完澡後喝個啤酒、牛奶、咖啡牛奶、蘋果汁等會覺得特別好喝。

07月01日

今日(きょう)も雨(あめ)ですね。／今天也下雨耶。

A：今日(きょう)も雨(あめ)ですね。／今天也下雨耶。

B：そうですね。早(はや)く梅雨明(つゆあ)けになってほしいですね。／對啊，真希望梅雨季趕快結束。

日本和臺灣一樣也有梅雨季，而梅雨季開始時，日語的說法是「梅雨入(つゆい)り」，梅雨季結束時說「梅雨明(つゆあ)け」。

07月02日

雨(あめ)はもう一週間(いっしゅうかん)降(ふ)り続(つづ)いています。
／已經持續下了一個星期的雨了。

A：雨(あめ)はもう一週間(いっしゅうかん)降(ふ)り続(つづ)いていますよ。／已經持續下了一個星期的雨了。

B：本当(ほんとう)ですね。いやになりますね。／真的耶，真是討厭。

「降(ふ)り続(つづ)きます」是由「降(ふ)ります」和「続(つづ)きます」兩個動詞合成一個動詞，在日語中叫做複合動詞，前面的動詞是ます形變化來的。「動詞ます形＋続(つづ)きます」有持續前面動作的意思。

07月03日

今日(きょう)はやっとお天気(てんき)になって、よかったですね。／今天總於放晴了，眞是太好了。

A：今日(きょう)はやっとお天気(てんき)になって、よかったですね。
／今天總於放晴了，真是太好了。

B：本当(ほんとう)ですね。／是啊。

在日語中「お天気(てんき)」是指好天氣的意思。

07月04日

天気予報(てんきよほう)によると、明日梅雨明(あしたつゆあ)けになるそうですね。／天氣預報說明天梅雨季就結束了耶。

A：天気予報(てんきよほう)によると、明日梅雨明(あしたつゆあ)けになるそうですよ。／天氣預報說明天梅雨季就結束了耶。

B：それはよかったですね。／那真是太好了。

「～によると、（普通形）そうです」是「根據……，聽說……。」的意思。

あれ、笹(ささ)の木(き)に掛(か)かっているものは何(なん)ですか。／咦，掛在竹子上的東西是什麼啊？

A：あれ、笹(ささ)の木(き)に掛(か)かっているものは何(なん)ですか。
／咦，掛在竹子上的東西是什麼啊？

B：ああ、あれは願(ねが)い事(ごと)が書(か)いてある短冊(たんざく)ですよ。
／啊，那是寫著自己願望的詩箋啊。

「短冊(たんざく)」是日本在七夕情人節時，將自己的願望寫在詩箋，然後再將它掛在竹枝上，成為日本七夕獨特的文化。

あのピンクの短冊(たんざく)に何(なに)が書(か)いてありますか。／在那張粉紅色的詩箋上寫什麼？

A：あのピンクの短冊(たんざく)に何(なに)が書(か)いてありますか。／在那張粉紅色的詩箋上寫什麼？

B：「大学(だいがく)に合格(ごうかく)できますように」と書(か)いてありますよ。／寫著希望可以考上大學啊。

七夕時寫著願望的詩箋裡常常會看到「～ように」的句型，是「希望……」的意思。例如：希望可以幸福，日文就是「幸(しあわ)せになりますように」。

07月07日

わー、短冊（たんざく）がたくさん掛（か）かっていて、きれいですね。／哇！掛著好多詩箋喔，眞漂亮。

A：わー、短冊（たんざく）がたくさん掛（か）かれていて、きれいですね。／哇！掛著好多詩箋喔，真漂亮。

B：今日（きょう）は七夕（たなばた）ですから、あちこちにありますよ。／因為今天是七夕情人節，所以到處都能看到這種詩箋啊。

日本一到七夕情人節，無論在百貨公司、神社、商店街等都可以看到掛著許多詩箋的竹枝，已成為日本七夕獨特的景象。而每年在仙台市還會舉辦盛大的七夕祭典慶祝。

07月08日

すみません、「嵐山（あらしやま）」へ行（い）きたいんですが、何番（なんばん）のバスに乗（の）ったらいいですか。／不好意思，我想去嵐山，要做幾號公車呢？

A：すみません、「嵐山（あらしやま）」へ行（い）きたいんですが、何番（なんばん）のバスに乗（の）ったらいいですか。／不好意思，我想去嵐山，要做幾號公車呢？

B：２８番（にじゅっはちばん）のバスに乗（の）ったらいいですよ。／要坐28號公車喔。

「すみません」在這裡並非道歉的意思，而是在詢問別人之前用的開頭語，相當中文的「不好意思」。

07月09日

すみません、新幹線のチケットを買いたいんですが、どこで買ったらいいですか。／不好意思，我想買新幹線的車票，要在哪裡買呢？

A：すみません、新幹線のチケットを買いたいんですが、どこで買ったらいいですか。／不好意思，我想買新幹線的車票，要在哪裡買呢？

B：みどりの窓口で買えますよ。／在綠色窗口可以買喔。

「～んですが、～たらいいですか。」是在詢問對方自己想做的事要如何做時常用到的句型。

07月10日

もんじゃ焼きはどうやって食べますか。／東京燒要怎麼吃呢？

A：もんじゃ焼きはどうやって食べますか。／東京燒要怎麼吃呢？

B：この小さいスプーンで取って食べますよ。／用這種小湯匙挖起來吃。

「どうやって」中文是「如何」，後面接動詞就成了一句簡單的問句。「どうやって作りますか。」、「どうやって行きますか。」中文是「如何做？」、「如何去？」的意思。

07月11日

すみません、消しゴムを借りてもいいですか。／不好意思，可不可以借一下橡皮擦？

A：すみません、消しゴムを借りてもいいですか。
／不好意思，可不可以借一下橡皮擦？

B：はい、どうぞ。／可以啊，請用。

「（もの）を借りてもいいですか。」是在問對方「可不可以借（東西）」的意思。用於「～てもいいですか」句型時，一定要與「借ります」一起用，即變成「～借りてもいいですか」。

07月12日

すみません、辞書を貸していただけませんか。／不好意思，可以借我字典嗎？

A：すみません、辞書を貸していただけませんか。
／不好意思，可以借我字典嗎？

B：はい、どうぞ。／可以啊，請用。

「（もの）を貸していただけませんか」比「（（もの）を借りてもいいですか。」更禮貌，但是「～ていただけませんか」必須要和「貸します」一起用，即變成「～貸していただけませんか」。

祇園祭(ぎおんまつり)の「宵山(よいやま)」は明日(あした)から始(はじ)まりますね。見(み)に行(い)きませんか。／聽說祇園祭的前夜祭明天開始耶，要不要一起去看啊？

A：祇園祭(ぎおんまつり)の「宵山(よいやま)」は明日(あした)から始(はじ)まるそうですよ。見(み)に行(い)きませんか。／聽說祇園祭的前夜祭明天開始耶，要不要一起去看啊？

B：はい、行(い)きましょう。／好啊，一起去吧。

祇園祭不僅是京都三大祭典之一，同時也是日本三大祭典之一。每年的7月14至16日為祭典的前夜祭，到了晚上成了步行者天國，不僅展示許多花車，還有非常多的攤販聚集，相當地熱鬧。

わー、いろいろな屋台(やたい)がありますね。／哇！有好多路邊攤喔。

A：わー、いろいろな屋台(やたい)がありますね。／哇！有好多路邊攤喔。

B：うん、ここで晩(ばん)ご飯(はん)でも食(た)べましょうか。／對啊，就在這裡吃晚餐吧。

「屋台(やたい)」就像臺灣的路邊攤，大多在祭典時可以看到。有日式炒麵、章魚燒、雞蛋糕、撈金魚等好吃、好玩的攤子。

07月15日

あれはりんごみたいですね。／那個看起來好像蘋果喔。

A：あれはりんごみたいですね。／那個看起來好像蘋果喔。

B：りんごですよ。りんご飴(あめ)と言(い)うんですよ。／是蘋果沒錯，叫做蘋果糖葫蘆喔。

日本和台灣一樣，在夜市都看得到糖葫蘆，但使用的水果種類有些不同。像日本會使用整顆蘋果做成糖葫蘆，相當特別。

07月16日

京都(きょうと)の道(みち)が歩行者天国(ほこうしゃてんごく)になって、いいですね。／京都的道路變成行人專用道，眞是棒。

A：京都(きょうと)の道(みち)は歩行者天国(ほこうしゃてんごく)になって、いいですね。／京都的道路變成行人專用道，真是棒。

B：うん、一年中(いちねんじゅう)で自由(じゆう)に歩(ある)けるのは今(いま)しかないですね。／對啊，一整年裡就只有現在可以自由地行走。

京都的祇園祭在前夜祭的3天，從晚上6點開始就禁止車子進入周圍區域，附近大馬路成了步行者天國，形成相當獨特的景像。對話中的「しかない」是只有的意思，中間也可加入動詞，如「日本語(にほんご)しかわからない」、「野菜(やさい)しか食(た)べない」是「只懂日語」、「只吃菜」的意思，「しか」的後面一定要接「ない形」。

山(やま)と鉾(ほこ)が動(うご)き始(はじ)めましたね。／山車和鉾車開始動了耶。

A：山(やま)と鉾(ほこ)が動(うご)き始(はじ)めましたね。／山車和鉾車開始動了耶。

B：「山鉾巡行(やまぼこじゅんこう)」と言(い)って、動(うご)く美術館(びじゅつかん)とも言(い)われていますよ。／這叫「山鉾巡行」，也被稱為移動的美術館。

「山鉾巡行(やまぼこじゅんこう)」是京都八坂神社祇園祭的重頭戲，每年在7月17日當天，所有的花轎會繞市中心，當時「山鉾巡行(やまぼこじゅんこう)」是為了向掌管瘟疫的牛頭天王表示敬意，以驅除瘟疫而舉行的。

07月18日

京都(きょうと)の錦市場(にしきいちば)ではいろんなものを売(う)っていますね。／京都的錦市場賣好多東西喔。

A：京都(きょうと)の錦市場(にしきいちば)ではいろんなものを売(う)っていますね。／京都的錦市場賣好多東西喔。

B：そうですね。京都(きょうと)の台所(だいどころ)とも言(い)われているんですよ。／是啊，這裡有京都的廚房之稱喔。

「いろんな」和「いろいろな」都是各式各樣的意思，「いろんな」在會話時使用，但不在寫作時使用。

07月19日

漬物の種類がいっぱいですね。/醬菜的種類好多喔。

A：漬物の種類がいっぱいですね。／醬菜的種類好多喔。

B：うん、漬物は京都の名物とも言えますね。／對啊，醬菜可以說是京都的特產喔。

這裡的「いっぱい」是「たくさん」（很多）的意思，在會話中常出現的用語。其它如「人がいっぱいです（好多人）」「店がいっぱいです（好多商店）」。

07月20日

あれ、看板に面白い顔がありますね。/咦，看板上有個有趣的臉耶。

A：あれ、看板に面白い顔がありますね。／咦，看板上有個有趣的臉耶。

B：ああ、そこはあぶらとり紙を売る有名な店ですね。／啊，那裡是賣吸油面紙有名的店。

「（場所）に（東西）があります」是指在某個地方有某個東西的意思，如「部屋に鏡があります」就是房間裡有鏡子的意思。

わぁ、おいしそうなとんかつですね。
／哇，看起來好好吃的炸豬排喔。

A：わぁ、おいしそうなとんかつですね。／哇，看起來好好吃的炸豬排喔。

B：本当（ほんとう）ですね。食（た）べてみましょうか。／真的耶，要不要吃吃看啊？

「～そう」中文是「看起來好像～」，い形容詞要去掉い加上そう。若後面接名詞時，則還需加上な，所以就變成「おいしそうなとんかつ」。

07月22日

バスの一日乗車券（いちにちじょうしゃけん）を使（つか）って、またどっかへ行（い）きましょうか。／用巴士的一日乘車券，再去別的地方吧。

A：バスの一日乗車券（いちにちじょうしゃけん）を使（つか）って、またどっかへ行（い）きましょうか。／用巴士的一日乘車券，再去別的地方吧。

B：そうですね。行（い）きましょう。／對啊，走吧。

「どっか」是「どこか」的意思。這裡的「か」是不確定的意思，也就是不確定是哪裡。其它常用的還有「だれか（不知是誰）」、「いつか（不知何時）」等。

07月23日

ほら、あそこはバーゲンやってますよ。
／你看，那裡有特賣會耶。

A：ほら、あそこはバーゲンやってますよ。／你看，那裡有特賣會耶。

B：私(わたし)たちも入(はい)ってみましょうか。／我們也進去看看吧。

「やってます」是「やっています」，在會話中常常會省略「い」。例如「知(し)っています」變成「知(し)ってます」。

07月24日

ほら見(み)て、これ7割引(ななわりびき)になっていますよ。
／你看，這個打3折耶。

A：ほら見(み)て、これ7割引(ななわりびき)になっていますよ。／你看，這個打3折耶。

B：安(やす)いですね。／好便宜喔。

「7割引(ななわりびき)」指的是3折的意思。日本常用「割引(わりびき)」表示打折的折數，但折數並非上面寫的數字，而是用10減掉上面的數字才是折數。如「2割引(にわりびき)」就是8折的意思。

お茶碗も半額になっていますね。／碗也半價耶。

A：お茶碗も半額になっていますね。／碗也半價耶。

B：安くてきれいなお茶碗ですね。買いたいですね。／真是便宜又漂亮的碗，真想買。

「安くてきれいな」是「い形容詞＋な形容詞」，此時い形容詞的い要改成く，再加上な形容詞。

07月26日

この急須セットはお土産にいいですね。／這套茶具很適合用來當禮物耶。

A：この急須セットはお土産にいいですね。／這套茶具很適合用來當禮物耶。

B：本当ですね。素敵なお土産になりますね。／真的耶，很棒的禮物耶。

「（名詞）＋にいいです」是指用於（名詞）這個東西好或適合的意思，其它如「体にいいです（對身體有益）」「勉強にいいです（有助於學習）」。

07月27日

もう、暑くて倒れそうですよ。/眞是的，都快熱昏了。

A：もう、暑くて倒れそうですよ。／真是的，都快熱昏了。

B：私も汗だらけで、熱中症になりそうですよ。／我也是滿身大汗，都快中暑了。

「～そう」中文是「看起來好像～」，前面接動詞時要用動詞的ます形。如會話中的「倒れます」＋「そうです」就變成「倒れそうです」。

07月28日

ちょっとやすみませんか。/要不要休息一下啊？

A：ちょっと休みませんか。／要不要休息一下啊？

B：じゃ、カキ氷でも食べに行きましょうか。／那去吃刨冰吧。

會話中的「かき氷でも食べに行きませんか」的「でも」在這裡是舉出一個例，但也有其它選擇的意思。如「お茶でも飲みませんか。」是問別人要不要喝茶，但也包含了其它可能還有咖啡、果汁等東西可選。

07月29日

風鈴(ふうりん)の音(おと)は涼(すず)しく感(かん)じますね。／風鈴聲讓人感到很涼爽耶。

A：風鈴(ふうりん)の音(おと)は涼(すず)しく感(かん)じますね。／風鈴聲讓人感到很涼爽耶。

B：本当(ほんとう)ですね。夏(なつ)はやっぱり風鈴(ふうりん)ですね。／真的耶，夏天果然要聽風鈴聲。

「涼(すず)しく感(かん)じます」是「い形容詞＋動詞」，此時い形容詞的い要變成く之後再加上動詞。

07月30日

やっと夏休(なつやす)みに入(はい)って、うれしいです。／暑假終於到了，眞高興。

A：やっと夏休(なつやす)みに入(はい)って、うれしいです。／暑假終於到了，真高興。

B：そうですね。夏休(なつやす)みに何(なに)か予定(よてい)が入(はい)ってますか。／對啊，你暑假有什麼計畫嗎。

「夏休(なつやす)みに何(なに)か予定(よてい)が入(はい)っていますか。」的助詞「に」在會話時有時會被省略。因為省略後不會影響其意思，其它如「ご飯(はん)を食(た)べた？（吃飯？）」、「学校(がっこう)へ行(い)った？（上學？）」句中的助詞「を」、「へ」在會話中也常被省略。

07月31日

アルバイトをしたり、花火(はなび)を楽(たの)しんだりしたいですね。／想打工或是享受看煙火的樂趣啊。

A：アルバイトをしたり、花火(はなび)を楽(たの)しんだりしたいですね。／想打工或是享受看煙火的樂趣啊。

B：私(わたし)も旅行(りょこう)とか、語学(ごがく)の勉強(べんきょう)とかしようと思(おも)っています。／我也是打算去旅行或是學語言。

「～たり、～たりします」和「～とか～とか」都是或者的意思，但前者是接動詞，後者是接名詞。

08月01日

今日(きょう)は、何(なん)でも安(やす)くなっていますね。／今天不管什麼都好便宜喔。

A：今日(きょう)は、何(なん)でも安(やす)くなっていますね。／今天不管什麼都好便宜喔。

B：感謝(かんしゃ)デーだから安(やす)いですよ。／因為是感謝日所以才便宜啊。

「なります」是變化動詞，中文是「變～」，前面加い形容詞時要將い改成く，前面加な形容詞時要加上に，例如：「高(たか)い」＋「なります」變成「高(たか)くなります」，「上手(じょうず)な」＋「なります」變成「上手(じょうず)になります」。

08月02日

わー、おいしそうな惣菜(そうざい)がいっぱいですね。／哇！好多看起來好好吃的家常菜喔。

A：わー、おいしそうな惣菜(そうざい)がいっぱいですね。／哇！好多看起來好好吃的家常菜喔。

B：本当(ほんとう)ですね。今日(きょう)のおかずはこれにしましょうか。／真的耶，今天的菜就決定這個吧。

「～にします」中文是「決定」，用於自己決定某事時使用。

08月03日

ほら見(み)て、これは夏限定(なつげんてい)のお菓子(かし)ですよ。／你看，這個是夏天限定的餅乾耶。

A：ほら見(み)て、これは夏限定(なつげんてい)のお菓子(かし)ですよ。／你看，這個是夏天限定的餅乾耶。

B：おいしそうですね。買(か)いましょう。／看起來很好吃耶，那買吧。

「名詞＋限定(げんてい)」有限定的意思，常使用季節或地名等名詞，如「冬限定(ふゆげんてい)（冬季限定）」、「京都限定(きょうとげんてい)（京都限定）」。

08月04日

すみませんが、こしょうはどこにありますか。／不好意思，請問胡椒在哪裡？

A：すみませんが、こしょうはどこにありますか。／不好意思，請問胡椒在哪裡？

B：調味料(ちょうみりょう)コーナーにございます。／在調味料區。

「～にございます」是「～にあります」的禮貌用法。

お母(かあ)さん、プリンを食(た)べたい。／媽媽，我想吃布丁。

A：お母(かあ)さん、プリンを食(た)べたい。／媽媽，我想吃布丁。

B：はい、二(ふた)つ買(か)いましょうか。／好啊，那買2個。

「（名詞）を食(た)べたい。」助詞「を」也可使用「が」。

08月06日

レジに人(ひと)が並(なら)んでいますね。／收銀台排了好多人喔。

A：レジに人(ひと)が並(なら)んでいますね。／收銀台排了好多人喔。

B：今日(きょう)は何(なん)でも安(やす)いから、みんな買(か)いに来(き)ています。／因為今天買什麼都便宜，所以大家都來買了。

「（名詞）が動詞ています」是表示狀態的句型，動詞必須為自動詞。

08月07日

ビニール袋（ぶくろ）はいいです。／塑膠袋不用了。

A：ビニール袋（ぶくろ）はいいです。／塑膠袋不用了。

B：はい、ありがとうございました。／好，謝謝您。

「～いいです」有兩個意思，一個是「好」，一個是「拒絕」。例如：「このかばんはいいですね。」為前者的意思，「A：砂糖（さとう）を入（い）れましょうか。（要加砂糖嗎？）B：いいえ、砂糖（さとう）はいいです。（不，不用加砂糖）」為後者的意思。

08月08日

今日（きょう）は夏（なつ）の甲子園（こうしえん）の開幕（かいまく）ですよ。／今天是夏季甲子園開幕耶。

A：今日（きょう）は夏（なつ）の甲子園（こうしえん）の開幕（かいまく）ですよ。／今天是夏季甲子園開幕耶。

B：試合（しあい）を見（み）るのをとても楽（たの）しみにしています。／真期待看比賽。

「～を楽（たの）しみにしています」是期待的意思，前面只能加名詞，因此會話中動詞「みる」後面要加上「の」把動詞名詞化。「期待你來」就是「来（く）るのを楽（たの）しみにしています」。

08月09日

今年は、地元の高校が出ていますよ。／今年，我們當地的高中也有參加喔。

A：今年は、地元の高校が出ていますよ。／今年，我們當地的高中也有參加喔。

B：それはすごいですね。／好厲害喔。

「出ます」有「離開」、「參加」的意思。「家を出ます」是出門，「試合に出ます」是參加比賽。「名詞を出ます」有離開的意思，「名詞＋に出ます」有參加的意思。

08月10日

地元の高校が負けてしまいましたよ。／地方的高中輸了。

A：地元の高校が負けてしまいましたよ。本当に残念でした。／地方的高中輸了。真可惜。

B：来年また応援しましょう。／明年再幫他們加油吧。

「～てしまいます」為「～てちゃう」及「てじゃう」的禮貌用法，若動詞て形為清音，即「て」時，使用「～てちゃう」；て形為濁音「で」時，使用「～てじゃう」。會話中「負けてしまいました」可說「負けちゃった」。

08月11日

来週の土曜日、花火を見に行きませんか。／下星期六要不要去看煙火？

A：来週の土曜日、花火を見に行きませんか。／下星期六要不要去看煙火？

B：はい、行きましょう。／好啊，一起去。

「土曜日」星期的後面需加上助詞「に」，但在會話時有時會被省略。

08月12日

浴衣を着ている人が多いですね。／好多穿著浴衣的人喔。

A：浴衣を着ている人が多いですね。／好多穿著浴衣的人喔。

B：そうですね。みんな花火を見に行くんじゃないですか。／是啊，大家應該都是要去看煙火。

「～んじゃないですか」句型裡雖然有「ない」，但是肯定的意思。

花火（はなび）はもうすぐですね。／煙火馬上就要開始了耶。

A：花火（はなび）はもうすぐですね。／煙火馬上就要開始了耶。

B：そうですね。すごくどきどきしています。／對啊，好興奮喔。

「どきどき」用於形容興奮、不安等心情。

今日（きょう）の花火（はなび）はきれいでしたね。／今天的煙火好漂亮喔。

A：今日（きょう）の花火（はなび）はきれいでしたね。／今天的煙火好漂亮喔。

B：うん、また見（み）たいですね。／對啊，下次還想再看。

「動詞（ます形）＋たいです」是「想要～」的意思。相同意思的句型還有「名詞がほしいです」。

08月15日

今日はお盆ですよ。／今天是祭拜祖先的日子耶。

A：今日はお盆ですよ。／今天是祭拜祖先的日子耶。

B：私の国では、4月に行いますが、日本では、今の時期に行うんですね。／我們國家是在四月舉行的，但是日本是在這個時期。

「～は～が、～は～」是前後文對比的意思，例如：「肉はすきですが、魚は嫌いです。」，中文是「喜歡肉但是不喜歡魚」。

08月16日

今日は京都の送り火の日ですよ。／今天是京都的送神火日喔。

A：今日は京都の送り火の日ですよ。／今天是京都的送神火日喔。

B：京都の毎年の恒例の伝統行事ですね。／這是京都每年都會舉辦的傳統儀式。

京都的送神火是繼京都三大祭典的重要活動，每年的8月16日在五山生火，將稱作精靈的死者之靈送到另一個世界去。

08月17日

きのう　ぼんおど
昨日の盆踊りはにぎやかでしたね。／昨天的祭典舞好熱鬧喔。

A：昨日の盆踊りはにぎやかでしたね。／昨天的祭典舞好熱鬧喔。

B：本当ですね。みんな歌ったり、踊ったりして、とてもにぎやかでした。／真的耶，大家邊唱歌邊跳舞，好熱鬧。

「盆踊り」在「お盆（盂蘭盆節）」時舉行，通常以打鼓及跳舞的方式舉行，會因地方不同舉行的方式也不同。

08月18日

飲み物は何にしますか。／你要喝什麼呢？

A：飲み物は何にしますか。／你要喝什麼呢？

B：とりあえずビールにします。／先來杯啤酒吧。

「とりあえず＋名詞」常出現於點東西時的會話裡，就是「先來個～」的意思。例如：「とりあえずえだまめ」、「とりあえずウーロン茶」，即「先來個毛豆」和「先來個烏龍茶」的意思。

08月19日

夏(なつ)はやっぱりビールですね。/夏天果然還是啤酒好。

A：夏(なつ)はやっぱりビールですね。／夏天果然還是啤酒好。

B：でも、私(わたし)はビールが苦手(にがて)ですから、いつもカクテルにしています。／可是我不喜歡喝啤酒，所以每次都點雞尾酒。

「いつも」中文是「總是」，後面要接「ています」的句型。

08月20日

全部(ぜんぶ)でいくらですか。/總共多少錢？

A：全部(ぜんぶ)でいくらですか。／總共多少錢？

B：割(わ)り勘(かん)で、一人(ひとり)2,000円(にせんえん)でいいですよ。／均分的話一個人二千日元就可以了。

「全部(ぜんぶ)で」中文是「總共」，所以「總共５人」就是「全部(ぜんぶ)で5人(ごにん)です。」。

08月21日

わー、新機種のケータイがいっぱいですね。／哇！好多新機種的手機喔。

A：わー、新機種のケータイがいっぱいですね。
／哇！好多新機種的手機喔。

B：うん、どれもよさそうですね。／對啊，每個看起來都好棒喔。

「どれも」是不管哪一個，也就是指「全部」，「どれも安いです。」就是「全部都便宜」的意思。

08月22日

すみません、このケータイにします。／不好意思，我要這個手機。

A：すみません、このケータイにします。／不好意思，我要這個手機。

B：では、身分を証明できるものをお願いします。
／那麻煩您給我可以證明身分的證件。

「できる」前面要用助詞「が」，例如：「図書館では、新聞を読むことができる。」。但會話中「できる」前面有漢字「○○できる」，此時常會使用助詞「を」。

08月23日

三つ（みっ）の料金（りょうきん）プランがございますが、どちらになさいますか。／有三種方案，請問您要哪一種？

A：三つ（みっ）の料金（りょうきん）プランがございますが、どちらになさいますか。／有三種方案，請問您要哪一種？

B：では、Bプランにします。／那我要B方案。

「ございます」和「なさいます」分別是「あります」和「します」的敬語。

08月24日

新（あたら）しいケータイがやっと手（て）に入（はい）って、嬉（うれ）しいです。／新的手機終於到手了，好高興。

A：新（あたら）しいケータイがやっと手（て）に入（はい）って、嬉（うれ）しいです。／新的手機終於到手了，好高興。

B：いいですね。私（わたし）もほしいですね。／真好，我也好想要喔。

「手（て）に入（はい）る」是「到手」的意思，相同的意思還有「入手（にゅうしゅ）する」。

08月25日

おいしそうな冷(ひ)やし中華(ちゅうか)ですね。/看起好好吃的涼麵。

A：おいしそうな冷(ひ)やし中華(ちゅうか)ですね。／看起好好吃的涼麵。

B：そうですね。夏(なつ)しか食(た)べられないものですね。／對啊，只有夏天才吃得到喔。

「しか～ない」是「只有」的意思，「しか」後面一定要接否定。

08月26日

流(なが)し素麺(そうめん)って聞(き)いたことがありますか。/你有聽過「流麵」嗎？

A：流(なが)し素麺(そうめん)って聞(き)いたことがありますか。／你有聽過「流麵」嗎？

B：ありますよ。竹製(たけせい)の樋(とい)を使(つか)って素麺(そうめん)を流(なが)し、箸(はし)ですくい上(あ)げて、めんつゆにつけて食(た)べるものですよ。／有啊，就是把麵線放到竹子做的導管上讓它流下來，再用筷子撈起來沾醬吃的東西。

日本的「素麺(そうめん)」就像台灣的麵線，但日本通常煮熟後沾素麵專用的沾醬吃，以做成冷食為主。

08月27日

日本(にほん)の桃(もも)は大(おお)きくて安(やす)いですね。／日本的桃子又大又便宜耶。

A：日本(にぽん)の桃(もも)は大(おお)きくて安(やす)いですね。／日本的桃子又大又便宜耶。

B：水分(すいぶん)がたっぷり入(はい)っていて、みずみずしいですよ。たくさん食(た)べてください。／有很多的水分喔，要多吃一點。

「みずみずしい」是形容水分很多的意思，也可用來形容肌膚很嬌嫩。

08月28日

このスイカは甘(あま)くておいしいです。／這個西瓜又甜又好吃。

A：このスイカは甘(あま)くておいしいです。／這個西瓜又甜又好吃。

B：そうでしょう。旬(しゅん)の果物(くだもの)だから、おいしいですよ。／是吧，因為是當季水果所以好吃啊。

「旬(しゅん)」是指當季的意思，「旬(しゅん)の（名詞）」例如：「旬(しゅん)の野菜(やさい)」、「旬(しゅん)の食材(しょくさい)」，指的是「當季的菜」、「當季的食材」的意思。

ご注文（ちゅうもん）はいかがですか。／決定要點什麼了嗎？

A：ご注文（ちゅうもん）はいかがですか。／決定要點什麼了嗎？

B：とんかつセットを二（ふた）つください。／給我二份炸豬排飯。

「名詞をください」中文是「給我～」，但若加進數量詞時，數量詞後面不可加助詞。例如：「請給我2杯咖啡。」日文為「コーヒーを2杯（にはい）ください。」。

08月30日

キャベツとご飯（はん）と味噌汁（みそしる）はお代（か）わりできます。／高麗菜和飯和味噌湯可以再續碗。

A：キャベツとご飯（はん）と味噌汁（みそしる）はお代（か）わりできます。／高麗菜和飯和味噌湯可以再續碗。

B：はい。／好。

「お代（か）わりできます」是「可再續碗」的意思，在日本炸豬排店用餐時經常可聽到這個句子。

08月31日

お茶(ちゃ)はいかがですか。／需要茶嗎？

A：お茶(ちゃ)はいかがですか。／需要茶嗎？

B：はい、お願(ねが)いします。／好，麻煩你。

「いかがですか」是「どうですか」的尊敬用法。

また台風(たいふう)が来(き)そうだね。／颱風好像又要來了。

A：また台風(たいふう)が来(き)そうだね。／颱風好像又要來了。

B：もし来(き)たら、今年(ことし)、六個目(ろくこめ)になるのよ。／如果再來的話，就是今年的第六個了。

「（數量詞）＋目(め)」表示（第幾個）的意思。如「一人目(ひとりめ)」是（第一個人），「二番目(にばんめ)」是（第二個），「三行目(さんぎょうめ)」是（第三行）的意思。

09月02日

外(そと)はひどい雨(あめ)だね。／外面下很大的雨耶。

A：外(そと)はひどい雨(あめ)だね。／外面下很大的雨耶。

B：風(かぜ)も強(つよ)そうだね。買(か)い物(もの)をやめようか。／風也好像很強，不要去買東西好了。

「ひどい雨(あめ)」是形容雨勢很大的意思，其它還有「小雨(こさめ)（小雨）」「大雨(おおあめ)（大雨）」等形容雨勢的大小的用語。

09月03日

台風（たいふう）がようやく日本（にほん）を出（で）たね。／颱風終於離開日本了。

A：台風（たいふう）がようやく日本（にほん）を出（で）たね。／颱風終於離開日本了。

B：そうだね。今回（こんかい）も被害（ひがい）があちこちに出（で）てるみたいね。／對啊，這一次好像也到處都有災情出現。

「（場所）を出（で）る」是表示離開某地方的意思，如「教室（きょうしつ）を出（で）る（離開教室）」、「病院（びょういん）を出（で）る（出院）」。但「学校（がっこう）を出（で）る」含有畢業的意思。

09月04日

野菜（やさい）は高（たか）いね。／菜好貴喔。

A：野菜（やさい）は高（たか）いね。／菜好貴喔。

B：しょうがないよ。台風（たいふう）のせいで値段（ねだん）が上（あ）がったんだよ。／沒辦法啊，因為颱風的關係價格上漲啊。

「～せいで」是表示原因的意思，但在不好的結果時使用，相反詞是「～おかげで」。

09月05日

店(みせ)によって、値段(ねだん)がいろいろだね。/每間店的價格都不一樣耶。

A：店(みせ)によって、値段(ねだん)がいろいろだね。／每間店的價格都不一樣耶。

B：比(くら)べてみないと損(そん)になるね。／沒有比較就會買貴了。

「動詞て形＋みます」是（試試看）的意思，這裡用「動詞て形＋みないと～」是（不做前面的事，就會有後面的結果產生。）如：「やってみないと、成功(せいこう)するかどうかわからない。」意思是（不做做看就不知道是否會成功）。

09月06日

デジカメ安(やす)いね。/數位相機眞便宜。

A：デジカメ安(やす)いね。／數位相機真便宜。

B：競争(きょうそう)が激(はげ)しいから、値段戦争(ねだんせんそう)になるね。／因為競爭很激烈，成了拚價現象了。

「デジカメ」是「デジタルカメラ（數位相機）」的簡稱。其它如「ネット」是「インターネット（網路）」，「チョコ」是「チョコレート（巧克力）」，「マック」是「マクドナルド（麥當勞）」的簡稱。

09月07日

中国語（ちゅうごくご）ができるスタッフが多（おお）いね。／會中文的員工很多耶。

A：中国語（ちゅうごくご）ができるスタッフが多（おお）いね。／會中文的員工很多耶。

B：そうだね。中国（ちゅうごく）からの観光客（かんこうきゃく）が多（おお）いからね。／對啊，因為從中國來的觀光客很多啊。

「中国（ちゅうごく）からの観光客（かんこうきゃく）が多（おお）いからね。」的第一個「から」是（從）的意思，第二個「から」是（因為）的意思。第一個「から」後面加「の」是因為後面的「観光客（かんこうきゃく）」是名詞，所以要用「の」來連接。

今日（きょう）はいいデジカメを買（か）ったね。／你今天買了很棒的數位相機耶。

A：今日（きょう）はいいデジカメを買（か）ったね。／你今天買了很棒的數位相機耶。

B：うん、今回（こんかい）はポイントを使（つか）って安（やす）く買（か）えてうれしい。／對啊，這次用點數很便宜，真高興。

在日本的電器店買東西時，都可以申請點數卡集點，依商品不同給5%、10%、15%不等的點數回饋，下次買東西就可以用點數來折抵，非常的划算。

最近（さいきん）、パソコンの調子（ちょうし）が悪（わる）いね。／最近電腦的狀況很差。

A：最近（さいきん）、パソコンの調子（ちょうし）が悪（わる）いね。／最近電腦的狀況很差。

B：ウイルスでも入（はい）ってしまったの？／會不會中毒了。

「調子（ちょうし）がいい（狀況好）」「調子（ちょうし）が悪（わる）い（狀況差）」不只用在形容身體狀況，也可用在機器方面，如電腦、影印機等狀況不好時使用。

09月10日

日本語（にほんご）で入力（にゅうりょく）したいけど、できないね。／想輸入日文，但不行耶。

A：日本語（にほんご）で入力（にゅうりょく）したいけど、できないね。／想輸入日文，但不行耶。

B：入力設定（にゅうりょくせってい）すればできるよ。／設定輸入就可以了。

「けど」是（但是）的意思，在會話中使用，若要正式一點時，使用「けれど」「けれども」。

09月11日

画像（がぞう）をダウロードしたいけど、どうしたらいいの？／想下載影像，要怎麼做呢？

A：画像（がぞう）をダウロードしたいけど、どうしたらいいの？／想下載影像，要怎麼做呢？

B：こうすればできるよ。／這樣就可以了。

「どうしたらいいの？」是「怎麼辦好呢？」的意思，客氣的說法是「どうしたらいいですか」。

09月12日

ねぇ、明日（あす）ちょっと代（か）わってくれない？／你明天可以跟我換班嗎？

A：ねぇ、明日（あす）ちょっと代（か）わってくれない？／你明天可以跟我換班嗎？

B：いいよ。／可以啊。

「かわる」在這裡是指漢字「代（か）わる」，是代替、取代的意思。這裡的「代（か）わってくれない？」是「可不可以跟我換班」的意思。

09月13日

今日、また遅れて、店長に怒られたよ。／今天又遲到了，所以被店長罵了一頓。

A：今日、また遅れて、店長に怒られたよ。／今天又遲到了，所以被店長罵了一頓。

B：あなたは遅刻の常習犯だね。／你還真是遲到大王耶。

這裡的「また遅れて、」的「て」有原因的意思，後面的句子為前面的原因導致的結果。

09月14日

忙しくて、昼ごはんの時間さえなかったよ。／忙到連吃午餐時間都沒了。

A：忙しくて、昼ごはんの時間さえなかったよ。／忙到連吃午餐時間都沒了。

B：本当よ。お腹が空いたよ。／真的，好餓喔。

「さえ」中文可以說（連／甚至），有強調的意思。如「簡単な問題さえできなかった。」（連簡單的問題都不會。）

09月15日

あの赤い花はきれいですね。私の国では見たことのない花ですね。／那個紅花好美喔。在我的國家沒有看過的花耶。

A：あの赤い花はきれいですね。私の国では見たことのない花ですね。／那個紅花好美喔。在我的國家沒有看過的花耶。

B：あれはまんじゅしゃげという花ですよ。彼岸花とも言いますね。／那叫曼珠沙華，也叫彼岸花。

「まんじゅしゃげ」的日文漢字是「曼珠沙華」，是一種含有毒性的花，9月中旬到9底期間會開花。

明日は敬老の日だから休みだね。／明天是敬老節所以放假。

A：明日は敬老の日だから休みだね。／明天是敬老節所以放假。

B：そうだね。土日を入れて、三連休になるね。／對啊，週六、週日也加進去就變三連休了。

日本的敬老節原本是在每年的9月15日，但為了讓國民能盡情地享受假日的休閒娛樂，因此修改相關法律。從2003年開始固定為9月的第3個星期一。

敬老(けいろう)の日(ひ)におばあちゃんに何(なに)をプレゼントした？／敬老節你送了奶奶什麼禮物啊？

A：敬老(けいろう)の日(ひ)におばあちゃんに何(なに)をプレゼントした？／敬老節你送了奶奶什麼禮物啊？

B：おばあちゃんはお茶(ちゃ)とせんべいが好(す)きだから、それの詰(つ)め合(あ)わせセットを贈(おく)ったよ。／奶奶喜歡茶和仙貝，所以就送了茶和仙貝的禮盒。

老年人因為牙齒比較脆弱或是裝假牙的關係，吃仙貝時會把仙貝放到茶裡面，待仙貝軟一點後再吃。但也有因為喜歡吃軟一點的仙貝，所以把仙貝放到茶裡面。

09月18日

秋学期(しゅうがっき)はそろそろ始(はじ)まるね。／下學期馬上就要開始了耶。

A：秋学期(あきがっき)がそろそろ始(はじ)まるね。／下學期馬上就要開始了耶。

B：そうだね。また勉強(べんきょう)とアルバイトで忙(いそが)しくなるね。／對啊，念書加上打工又變得忙碌了。

日本的大學分為春學期和秋學期，各指台灣的上學期和下學期。日本的春學期是從4月到7月，而秋學期是從9月到1月。

09月19日

今年は何単位取ったの？／今年選了幾學分的課？

A：今年は何単位取ったの？／今年選了幾學分的課？

B：今年は頑張って勉強しようと思って、２４単位も取ったよ。／今年打算努力一點，所以選了24學分的課。

（學分）在日文說「単位」。「24単位も取ったよ。」的「も」，表示強調之意，指24學分對他來說很多的意思。

09月20日

あぁ～、久しぶりの授業、疲れたね。／啊～，好久沒上課，眞是累人。

A：あぁ～、久しぶりの授業、疲れたね。／啊～，好久沒上課，真是累人。

B：本当だよ。九十分の授業はきついね。／真的，90分鐘的課真難熬。

日本的大學一節課是90分鐘，和台灣不一樣，所以要有相當的專注力。而「きつい」是「緊」的意思，在這裡可以說「難熬」、「辛苦」。

今年(ことし)もサークルに入(はい)ってるの？／今年也有加入社團嗎？

A：今年(ことし)もサークルに入(はい)ってるの？／今年也有加入社團嗎？

B：うん、きれいな字(じ)が書(か)けるようになりたいから、書道部(しょどうぶ)に入(はい)ったよ。／有啊，因為想寫出漂亮的字，所以就加入了書法社了。

在日本的高中及大學，社團風氣非常盛行。有些高中不僅下課後會進行練習活動，連週六、週日也會有社團活動，是台灣沒有的風氣。

09月22日

今日(きょう)は秋分(しゅうぶん)の日(ひ)だね。／今天是秋分耶。

A：今日(きょう)は秋分(しゅうぶん)の日(ひ)だね。／今天是秋分耶。

B：そうだね。墓参(はかまい)りの準備(じゅんび)しなきゃね。／對啊，要準備去掃墓。

日本人除了在「秋分(しゅうぶん)の日(ひ)」會祭拜祖先外，在3月的「春分(しゅんぶん)の日(ひ)（春分）」和8月的「お盆(ぼん)（盂蘭盆節）」也會祭祖。

09月23日

秋（あき）になると、おいしいものがいっぱい出（で）てくるね。／一到秋天就有好多好吃的東西。

A：秋（あき）になると、おいしいものがいっぱい出（で）てくるね。／一到秋天，就有好多好吃的東西。

B：そうだね。柿（かき）、秋刀魚（さんま）、栗（くり）などがおいしいね。「食欲（しょくよく）の秋（あき）」だね。／對啊，柿子、秋刀魚、栗子等都很好吃。真是「食欲之秋」啊。

秋天是收成的季節，因此會有許多好吃的食物，而炎熱的夏天也剛結束，有了食欲，所以在日本稱秋天為「食欲之秋」。

09月24日

涼（すず）しくなって、気持（きも）ちいいね。／變涼了，好舒服喔。

A：涼（すず）しくなって、気持（きも）ちいいね。／變涼了，好舒服喔。

B：読書（どくしょ）に最高（さいこう）の気候（きこう）だね。「読書（どくしょ）の秋（あき）」だね。／是讀書最好的天氣了。真是「讀書之秋」啊。

因為秋天天氣會變涼，讓人感覺很舒服，非常適合閱讀，所以在日本也稱秋天為「讀書之秋」。此外還有「藝術之秋」、「運動之秋」等詞。

09月25日

最近(さいきん)のプロ野球(やきゅう)はあつくなってね。/最近的職棒打得很熱耶。

A：最近(さいきん)のプロ野球(やきゅう)はあつくなったね。／最近的職棒打得很熱耶。

B：そうだね。応援(おうえん)してるチームに今度(こんど)こそ勝(か)って欲(ほ)しいね。／對啊，希望我喜歡的隊伍今年可以贏。

「（動詞て形）＋てほしい」是用在自己希望對方如何的時候用，如「聞(き)いて欲(ほ)しい」、「やって欲(ほ)しい」就是「希望對方問」、「希望對方做」的意思。

09月26日

今年(ことし)の日本一(にほんいち)はそろそろ出(で)るね。/今年的日本第一差不多快出來了。

A：今年(ことし)の日本一(にほんいち)はそろそろ出(で)るね。／今年的日本第一差不多快出來了。

B：感謝(かんしゃ)セールが楽(たの)しみだね。／好期待感謝回饋喔。

日本的職棒分為太平洋聯盟和中央聯盟，每個聯盟各有6支隊伍，在聯盟中取得第一名時，球團為了感謝球迷的支持，球團的關係企業會舉行折扣回饋，在取得日本第一時也會舉行折扣回饋，也成了購物的好時機。

09月27日

どうしたの？／怎麼了？

A：どうしたの？／怎麼了？

B：なんか風邪(かぜ)みたい。／好像感冒了。

「なんか」是用在自己也沒有很確定時使用，但有那種感覺。如「なんかいやな予感(よかん)がするね。」（覺得好像有什麼不祥的預感）。

09月28日

鼻水(はなみず)が止(と)まらないよ。／鼻水流不停。

A：鼻水(はなみず)が止(と)まらないよ。／鼻水流不停。

B：病院(びょういん)へ行(い)ったほうがいいんじゃない？／去醫院一趟比較好吧。

「（動詞た形）＋たほうがいい」是在建議別人時使用的句型，前面要接動詞た形。

急に頭が痛くなってきて。／頭突然痛了起來。

A：急に頭が痛くなってきて。／頭突然痛了起來。

B：この薬は頭痛に効くから、飲んだら。／這個藥對頭痛很有效，吃吧。

「（名詞）に効きます」是對前面的名詞很有效的意思，如「痛みに効きます。」就是對疼痛有效的意思。

09月30日

なんか寒気がするね。／覺得發冷耶。

A：なんか寒気がするね。／覺得發冷耶。

B：風邪かもね。しょうが湯でも飲んで、体を温めようよ。／可能感冒喔，喝點薑湯暖一下身體吧。

常使用的感冒症狀有「咳が出る」（咳嗽）、「熱がある」（發燒）、「喉がかゆい」（喉嚨癢）、「鼻水が出る」（流鼻水）、「吐気がする」（想吐）等。

10月01日

そろそろ、衣(ころも)替(が)えですね。／是啊！差不多該換季了。

A：寒(さむ)くなりましたね。／變冷了。

B：うん、そろそろ、衣(ころも)替(が)えですね。／是啊！差不多該換季了。

在日本的國、高中以及小學，也有制服換季的時間，大致上10月1日起是冬季制服，而6月1日起則是夏季制服。

10月02日

毛布(もうふ)をお願(ねが)いします。／請給我毯子。

A：毛布(もうふ)をお願(ねが)いします。／請給我毯子。

B：かしこまりました。／知道了。

「かしこまりました」是「わかりました」的謙讓語，是一種下對上的用法，在這裡是指對客人的禮貌用法。

雑誌(ざっし)をください。／請給我雜誌。

A：雑誌(ざっし)をください。／請給我雜誌。

B：日本語(にほんご)の雑誌(ざっし)ですか。中国語(ちゅうごくご)の雑誌(ざっし)ですか。／是日文雜誌還是中文雜誌。

「～をください」與上一句的「～をお願(ねが)いします」都是「請給我～（接名詞）」的意思，皆可擇一使用。

10月04日

チキン料理(りょうり)にしますか。ビーフ料理(りょうり)にしますか。／請問是要雞肉料理，還是牛肉料理？

A：チキン料理(りょうり)にしますか。ビーフ料理(りょうり)にしますか。／請問是要雞肉料理，還是牛肉料理？

B：ビーフ料理(りょうり)にします。／請給我牛肉料理。

「～にします」是「要點～」「給我～」的意思，不論是買東西或點餐，只要有選擇時就能使用此句型。

10月05日

紅葉(こうよう)を見(み)に出(で)かけましょう。／去賞楓葉吧！

A：紅葉(こうよう)を見(み)に出(で)かけましょう。／去賞楓葉吧！

B：いいですね。お弁当(べんとう)を作(つく)りますね。／好啊！那我來做餐盒。

「～に出(で)かけましょう」，有出門去哪裡的意思，句型前可放「買(か)い物(もの)（購物）」「散歩(さんぽ)（散步）」「花見(はなみ)（賞花）」等。

10月06日

お土産(みやげ)に和菓子(わがし)を買(か)いたいです。／想買和菓子當禮物。

A：お土産(みやげ)に和菓子(わがし)を買(か)いたいです。／想買和菓子當禮物。

B：色(いろ)も見(み)た目(め)もおいしそうですね。／無論顏色或外觀看起來都很好吃。

「～そう」，形容詞去掉い後再加上そう，意思就是「好像～」。如：「寒(さむ)そう（好像很冷）」、「寂(さび)しそう（好像很落寞）」等。

10月07日

試着（しちゃく）してもいいですか。／可以試穿嗎？

A：試着（しちゃく）してもいいですか。／可以試穿嗎？

B：はい、どうぞ。／好的，請。

「～てもいいですか」為「可以～嗎」，是徵求對方同意時的表現。

寒気（さむけ）がします。／感覺發冷。

A：どうしましたか。／怎麼了。

B：寒気（さむけ）がします。／感覺發冷。

「～がします」有「感覺」的意思，雖然沒有很確定，但有感覺到不適時的一種表現。

10月09日

薬（くすり）をのみますか。／要不要吃藥？

A：頭（あたま）がいたいです。／頭好痛。

B：薬（くすり）を飲（の）みますか。／要不要吃藥？

日文中吃藥的吃不會用「食（た）べます」，而是「飲（の）みます」。在翻譯時要注意不是翻譯「喝藥」，正確為「吃藥」。

10月10日

体育（たいいく）の日（ひ）にどんなスポーツをしましたか。／體育日有做了什麼運動嗎？

A：体育（たいいく）の日（ひ）にどんなスポーツをしましたか。／體育日有做了什麼運動嗎？

B：バスケットボールしました。／打籃球。

日本有「體育日」，時間是定在10月的第二個星期天，目的是要國民享受運動，以培育健康的身心。「體育日」不代表「運動會」，兩者是不同的。

10月11日

予約(よやく)なさっていますか。/有預約了嗎？

A：予約(よやく)なさっていますか。／有預約了嗎？

B：予約(よやく)してないんですが。／還沒預約。

「～ていない」＝「～ていません」，在日文中是表示否定的意思，但有許多情況並不適用，如：還沒結婚是「結婚(けっこん)していません」而非「結婚(けっこん)しません」；還沒吃飯「ご飯(はん)を食(た)べていません」而非「ご飯(はん)を食(た)べません」。

10月12日

お客(きゃく)さま、喫煙席(きつえんせき)がよろしいですか。禁煙席(きんえんせき)がよろしいですか。/請問客人是要吸菸區，還是禁菸區呢？

A：お客(きゃく)さま、喫煙席(きつえんせき)がよろしいですか。禁煙席(きんえんせき)がよろしいですか。／請問客人是要吸菸區，還是禁菸區呢？

B：禁煙席(きんえんせき)をお願(ねが)いします。／麻煩給我禁菸區。

日本抽菸人數極多，有些「喫茶店(きっさてん)」甚至是全面開放吸菸的，當然那些場所小孩是不能進入的，若去到日本要注意進入的店家是否為全面開放吸菸的，避免瞪錯人尷尬。有一些餐廳若有設「喫煙席(きつえんせき)」「禁煙席(きんえんせき)」都會詢問客人意見，記得不要聽錯。

10月13日

おやこどん
親子丼にします。／請給我親子丼。

A：何（なに）になさいますか。／請問要點什麼呢？

B：親子丼（おやこどん）にします。／請給我親子丼。

「なさいます」是「します」的敬語，通常用在下對上及服務客人時。

10月14日

かんじょう　ねが
お勘定お願いします。／麻煩結帳。

A：お勘定（かんじょう）お願（ねが）いします。／麻煩結帳。

B：別々にしてください。／請幫我分開算。

「お勘定（かんじょう）」或「お会計（かいけい）」都有算帳的意思，當然也可以用「いくらですか。」。它的用法很多，多學幾個不同用法的單字也是有必要的！

10月15日

車(くるま)でどこか行(い)きませんか。／開車去哪兒好呢？

A：車(くるま)でどこか行(い)きませんか。／開車去哪兒好呢？

B：ドライブにいきましょう。／去兜風吧！

「どこか」，當還沒有明確目標時，可用疑問詞＋か的用法提出問句。如：何(なに)か飲(の)みますか（要喝點什麼嗎？）。

10月16日

次(つぎ)の横浜(よこはま)行(ゆ)きのバスはいつ発車(はっしゃ)しますか。／下一班往橫濱的巴士何時發車？

A：次(つぎ)の横浜(よこはま)行(ゆ)きのバスはいつ発車(はっしゃ)しますか。／下一班往橫濱的巴士何時發車？

B：１１時(じゅういちじ)５０分(ごじゅうぷん)に発車(はっしゃ)します。／11點50分發車。

「～行(ゆ)き」的用法是「～」內填入地點名稱就是往某方向的意思，這裡的「～行(ゆ)き」要唸ゆき，而不是いき，要特別注意。

10月17日

道(みち)に迷(まよ)ったら、電話(でんわ)をしてください。／迷路的話請撥打電話。

A：道(みち)に迷(まよ)ったら、電話(でんわ)をしてください。／迷路的話請撥打電話。

B：はい、わかりました。／好，我知道了。

在外旅遊出門時，請記得攜帶飯店的住址及電話預防迷路，而駐日台灣辦事處的電話也很重要喔！

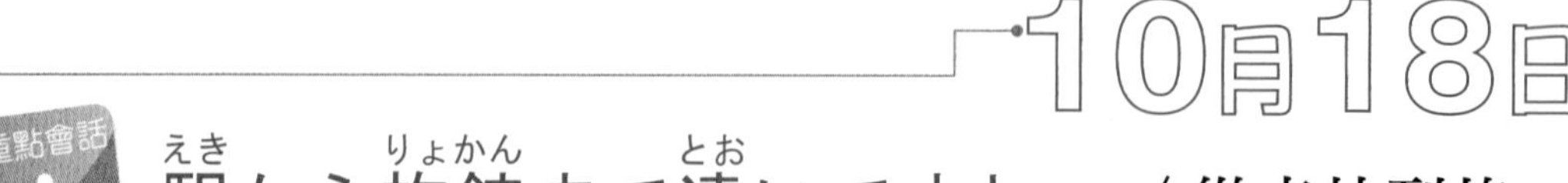

駅(えき)から旅館(りょかん)まで遠(とお)いですね。／從車站到旅館蠻遠的。

A：駅(えき)から旅館(りょかん)まで遠(とお)いですね。／從車站到旅館蠻遠的。

B：タクシーを拾(ひろ)いましょうか。／攔計程車吧。

「タクシーを拾(ひろ)います」是一種慣用語的表現，意思為攔計程車。在日本跟台灣一樣，只要舉起手就行了，並無其他特殊的手勢。

露天風呂(ろてんぶろ)に入(はい)ってみたいですね。／想要泡泡看露天溫泉。

A：露天風呂(ろてんぶろ)に入(はい)ってみたいですね。／想要泡泡看露天溫泉。

B：そうですね。一回体験(いっかいたいけん)してみましょう。／是呀！真想體驗一次看看。

去日本一定要去試試露天溫泉，真的是非常享受，不過不管任何種類的溫泉都要先試一下水溫，因為習慣泡澡的日本人所接受的溫度跟外國人士是有差異的哦！

10月20日

ここは公共(こうきょう)の場(ば)ですので、大(おお)きい声(こえ)で話(はな)さないでほしいんですが。／這裡是公共場所，請勿大聲喧嘩。

A：ここは公共(こうきょう)の場(ば)ですので、大(おお)きい声(こえ)で話(はな)さないでほしいんですが。／這裡是公共場所，請勿大聲喧嘩。

B：すみません、わかりました。／抱歉！知道了。

無論是台灣或是日本，公共場所的定義基本上是一樣的，以不造成他人困擾為原則。「～ないでほしい」是希望或建議對方「請不要～」的意思。

10月21日

現像(げんぞう)した写真(しゃしん)を取(と)りにきました。／我要來拿照片。

A：現像(げんぞう)した写真(しゃしん)を取(と)りにきました。／我要來拿照片。

B：はい、ここにあります。／好的，在這裡。

日文的「現像(げんぞう)」是指將有影像的照片、圖片洗出來的意思，而若想要多加洗幾張可以用「焼(や)き増(ま)し」這個單字，如：「写真(しゃしん)を五枚(ごまい)焼(や)き増(ま)しします」（這張照片我要洗五張）。

10月22日

面白(おもしろ)いところはありませんか。／有沒有好玩的地方呢？

A：面白(おもしろ)いところはありませんか。／有沒有好玩的地方呢？

B：ディズニーランドはどうですか。／迪士尼樂園如何呢？

「ところ」是指地方的意思，用法為「形容詞（い＋ところ）」「形容詞（な＋ところ）」「名詞（の＋ところ）」「動詞（普通形＋ところ）」。

10月23日

ディズニーランドは何線(なんせん)に乗(の)りますか。／迪士尼樂園要搭乘什麼線？

A：ディズニーランドは何線(なんせん)に乗(の)りますか。／迪士尼樂園要搭乘什麼線？

B：東京(とうきょう)まで行(い)って、それからJR京葉線(けいようせん)に乗(の)り換(か)えてください。／先到東京後再轉搭京葉線。

「（乗(の)り物(もの)）に乗(の)ります」是「搭乘（交通工具）」的意思，而「（乗(の)り物(もの)）に乗(の)り換(か)えます」則是「轉乘（交通工具）」的意思。

10月24日

そろそろ食事(しょくじ)の時間(じかん)ですね。／差不多到了要吃飯的時間了。

A：そろそろ食事(しょくじ)の時間(じかん)ですね。／差不多到了要吃飯的時間了。

B：あの店(みせ)に入(はい)りましょう。／進去那間店吧！

「そろそろ」差不多、就要，如：「そろそろ出(で)かけましょう」（差不多該出門了）；「そろそろ時間(じかん)です」（差不多時間了）。

10月25日

体重(たいじゅう)を計(はか)ったら、前(まえ)より太(ふと)ったようだ。／量了體重，發現好像比之前重了些。

A：体重(たいじゅう)を計(はか)ったら、前(まえ)より太(ふと)ったようだ。／量了體重，發現好像比之前重了些。

B：そうですか、見(み)えないですよ。／是嗎？看不出來呢！

「太(ふと)る」與「太(ふと)い」不同，若是局部的就要用「太(ふと)い」，如：「太(ふと)ももが太(ふと)い」（大腿好粗）；「腕(うで)が太(ふと)い」（手臂好粗），若是整體的胖就是「太(ふと)る」。

10月26日

最近(さいきん)、疲(つか)れているせいか、よくいびきをかきます。／最近不知道是不是很累的緣故常打呼呢。

A：きのう、ちょっとうるさかったですね。／昨天有點吵耶！

B：最近(さいきん)、疲(つか)れているせいか、よくいびきをかきます。／最近不知道是不是很累的緣故常打呼呢。

「いびきをかきます」打呼的意思，為慣用語可以整組一起背起來比較方便。

晴(は)れだと思(おも)います。／應該會是晴天吧！

A：あしたの天気(てんき)はどうですか。／明天天氣會如何呢？

B：晴(は)れだと思(おも)います。／應該會是晴天吧！

「と思(おも)います」我認為、我想應該是的意思，當某件事無法當下確認時會避免使用「です」。

10月28日

宝(たから)くじを買(か)いましたか。／買樂透了嗎？

A：宝(たから)くじを買(か)いましたか。／買樂透了嗎？

B：ええ、10億円(じゅうおくえん)もありますから、買(か)わなければなりません。／有啊！有10億日元呢，不買怎行。

「宝(たから)くじ」日本也有樂透這種東西，但並不像台灣這麼多樣化，在日本最大的樂透想必是年終樂透（過年前買的）吧！畢竟每個人都想在過年後變成億萬富翁。

10月29日

日本で最も有名な博物館です。／是日本最有名的博物館。

A：あの建物は何ですか。／那個建築物是什麼？

B：日本で最も有名な博物館です。／是日本最有名的博物館。

「あれ」或「あの」在中文上有對應的翻譯及用法基本上很好理解，但在「あれ」或「あの」使用上一定要注意到，必須離兩者（說話者及聽話者）都有一定距離方能使用。

キャンセル待ちですが、よろしいですか。／候補的可以嗎？

A：8月10日の便を予約したいです。／我想預約8月10日的航班。

B：キャンセル待ちですが、よろしいですか。／候補的可以嗎？

「キャンセル待ち」為候補的意思，而候補的人當有位子時，航空公司的人員就會主動通知你。

ハロウィンパレードがあります。／有萬聖節大遊行。

A：どこかハロウィンを楽（たの）しめる所（ところ）はありますか。
／有沒有可以享受萬聖節樂趣的地方？

B：ディズニーランドでハロウィンパレードがあります。／在迪士尼樂園有萬聖節大遊行。

少數日本人也會像台灣人一樣過萬聖節，但並不像聖誕節那麼熱鬧。

11月01日

日本(にほん)は四季(しき)がはっきりしています。／日本四季分明。

A：日本(にほん)は四季(しき)がはっきりしていますね。／日本四季分明。

B：そうですね、世界(せかい)でも稀(まれ)だそうです。／對啊！在世界算是蠻罕見的。

「でも」即使……也。日本是個四季分明的國家，雖然因地形影響南北略有不同，但日本人非常樂於享受四季所帶來的變化，可由各種料理、和菓子、茶道具及賞櫻、賞楓等看出端倪。

11月02日

ええ、すっかり秋(あき)めいてきた。／是啊！已有秋天的氣息。

A：肌寒(はださむ)くなりましたね。／有點冷了。

B：ええ、すっかり秋(あき)めいてきた。／是啊！已有秋天的氣息。

「めく」像～一樣、帶有～的氣息、有～的意味等。相當於：「のような」、「のようだ」的用法。

文化(ぶんか)の日(ひ)は、全国(ぜんこく)で様々(さまざま)な文化関連(ぶんかかんれん)の催(もよお)しが開(ひら)かれるそうですよ。／在文化日那天，全國都會舉辦文化相關活動。

A：文化(ぶんか)の日(ひ)は、全国(ぜんこく)で様々(さまざま)な文化関連(ぶんかかんれん)の催(もよお)しが開(ひら)かれるそうですよ。／在文化日那天，全國都會舉辦文化相關活動。

B：そういえば、皇居(こうきょ)では、文化勲章(ぶんかくんしょう)の親授式(しんじゅしき)があるそうです。／這麼說的話，在皇宮好像有舉辦天皇頒發勳章儀式。

11月3日的文化節是國定假日，各地紛紛舉辦以文化為主的各種活動。政府會遴選在音樂、戲劇、美術界等，對文化具有卓越貢獻者，於文化節由天皇頒發文化勳章。

紅葉(こうよう)が見(み)ごろです。／正值賞楓期。

A：今(いま)、京都(きょうと)の紅葉(こうよう)が見(み)ごろですよ。／現在京都正值賞楓期。

B：じゃ、紅葉狩(もみじがり)にでも行(い)きましょうか。／那麼，去賞楓吧！

「みごろ」可翻譯為正值～期、正是～的時候。日本每年賞櫻、賞楓、滑雪等適當的時機，都能藉由新聞報導獲得資訊。

美味(おい)しい物(もの)がたくさん実(みの)る季節(きせつ)ですから。／因爲是正值豐收的季節。

A：日本(にほん)には食欲(しょくよく)の秋(あき)という言葉(ことば)がありますね。／在日文中有句「食欲之秋」。

B：ええ、美味(おい)しい物(もの)がたくさん実(みの)る季節(きせつ)ですから。／是啊，因為是正值豐收的季節。

「～という～」叫做～。如：「樹人(じゅと)という学校(がっこう)」叫做樹人的學校，「熊木(くまき)という先生(せんせい)」叫做熊木的老師。

11月06日

インターネットさえあれば便利(べんり)ですね。／只要有網路就很方便。

A：最近(さいきん)は出(で)かけなくても買(か)い物(もの)ができますよ。／現在不用出門也能買東西了。

B：インターネットさえあれば便利(べんり)ですね。／只要有網路就很方便。

1.「（動詞ない形）なくても～できます」可翻譯成：「不～也可以」。2.「～さえあれば」可翻譯成：「只要有～就～」，有強調的用法。

しゅん　しょくざい　よくじつはいたつ
旬の食材が翌日配達できます。／當季的食材隔日就能送到。

　　しゅん　しょくざい　よくじつはいたつ
A：旬の食材が翌日配達できます。／當季的食材隔日就能送到。

　　　　　　たす
B：それは、とても助かります。／那真是太方便了。

しゅん
「旬」為當季的意思，後可接水果、食材等。在日本透過網路訂購有幫你將生活用品、食材等送到府的服務，對於行動不便的人、孕婦是非常便利的。

いま
今、アルバイトをしていますか。／現在有在打工嗎？

　　いま
A：今、アルバイトをしていますか。／現在有在打工嗎？

　　　　　　そうざいや
B：ええ、お惣菜屋さんでしています。／有，在熟食店打工。

「場所で」＋動態動作時可翻成「在～做～」，「場所に」＋靜態動詞（如：あります、います）可翻成「在～有～」。

11月09日

留学生には「資格外活動許可書」が必要です。／留學生的話需要有「在外活動許可證」。

A：日本ではアルバイトができますか。／在日本可以打工嗎？

B：留学生には「資格外活動許可書」が必要です。／留學生的話需要有「在外活動許可證」。

「資格外活動許可書」是在日本的留學生想打工時都必須申請的証明，若被入境管理局查到沒申請就打工的話，是會被遣送回國的。

11月10日

風俗関連営業でのアルバイトは禁止されています。／禁止在風俗場所打工。

A：風俗関連営業でのアルバイトは禁止されていますよ。／禁止在風俗場所打工。

B：そうですか。わかりました。／這樣啊，知道了。

「資格外活動許可書」，雖然可以打工但嚴禁於聲色場所，「スナック」（小酒吧）也不被允許，需非常小心千萬不要貪圖時高薪而被捉到非法打工，因而遣送回國就得不償失了。

11月11日

すみませんが、口座を作りたいんですが。／不好意思，我要開戶。

A：すみませんが、口座を作りたいんですが。／不好意思，我要開戶。

B：あそこの窓口へ行ってください。／請到那邊的櫃台。

「口座を作ります」或「口座を開きます」都能表示開戶的意思。

11月12日

クレジットカードもついでに作りませんか。／要不要順便辦信用卡？

A：クレジットカードもついでに作りませんか。／要不要順便辦信用卡？

B：いいえ、結構です。／不，不用了。

「AついでにB」意指做A順便做B。「結構です」在此的意思是「不用了」的意思。

11月13日

お金(かね)を下(お)ろしたいときにどうしますか。／要領錢時該怎麼做？

A：お金(かね)を下(お)ろしたいときにどうしますか。／要領錢時該怎麼做？

B：カードを入(い)れて暗証番号(あんしょうばんごう)を押(お)してください。／放進卡片後按下密碼。

「お金(かね)を下(お)ろします」慣用句為領錢的意思，初學者很常用「お金(かね)を取(と)ります」但這個用法較偏向搶錢的意思，所以使用時要特別注意。

11月14日

いいえ、レンタルします。／不，要用租的。

A：お祝(いわ)い用(よう)の衣装(いしょう)を買(か)いますか。／節慶用的衣服要用買的嗎？

B：いいえ、レンタルします。／不，要用租的。

「レンタル」為租的意思，在日本有七五三服飾、成人式服裝、畢業典禮用和服、女兒節擺飾等都皆可用租的，非常方便。

七五三とは何ですか。／什麼是「七五三」？

A：七五三とは何ですか。／什麼是「七五三」？

B：それはお子様の成長を祝う大切な儀式です。／是一個祈禱小孩健康的重要儀式。

七五三是日本的一個特定節日。依日本神道教裡的習俗，新生兒出生後30至100天內需至神社參拜保護神，到了三歲（男女童）、五歲（男孩）、七歲（女孩）每年的11月15日再去神社參拜，感謝神祇保佑之恩，並祈求兒童能健康成長。

七五三に決まっている食べ物はありますか。／七五三的節日中，有沒有代表性的食物？

A：七五三に決まっている食べ物はありますか。／七五三的節日中，有沒有代表性的食物？

B：はい、あります。「千歳飴」という飴で、長寿の願いをこめて、細く長くなっています。／有，叫做「千歲糖」，細細長長有著長壽的涵意。

「千歳飴」是一種長條型糖果，糖果顏色為紅、白兩種吉祥色，而圖案則是以松、竹、梅等繪製而成。

11月17日

ちゃんと布団（ふとん）を畳（たた）みましたか。／棉被摺好了嗎？

A：ちゃんと布団（ふとん）を畳（たた）みましたか。／棉被摺好了嗎？

B：あっ、忘（わす）れた。／啊！我忘了。

「ちゃんと」意指「確實」、「好好的」。「たたみます」前可接衣服、棉被等名詞。

11月18日

目覚（めざ）まし時計（どけい）をかけましたが……／我明明已經設定鬧鐘了……

A：遅刻（ちこく）ですよ！／（你）遲到了！

B：目覚（めざ）まし時計（どけい）をかけましたが……　／我明明已經設定鬧鐘了……

「目覚（めざ）まし時計（どけい）をかけます」為設定鬧鐘的意思，而「目覚（めざ）まし時計（どけい）をとめます」則是讓鬧鐘停止。

11月19日

朝食(ちょうしょく)を取(と)りましたか。／吃早餐了嗎？

A：朝食(ちょうしょく)を取(と)りましたか。／吃早餐了嗎？

B：いいえ、まだです。／不，還沒。

「朝食(ちょうしょく)を取(と)ります（吃早餐）」「昼食(ちゅうしょく)を取(と)ります（吃午餐）」「夕食(ゆうしょく)を取(と)ります（吃晚餐）」跟「朝(あさ)ごはんを食(た)べます（吃早餐）」「昼(ひる)ごはんを食(た)べます（吃午餐）」「晩(ばん)ごはんを食(た)べます（吃晚餐）」都是一樣的意思，但所搭配的名詞及動詞皆不同，需注意。

11月20日

コーヒーを入(い)れましょうか。／要不要來杯咖啡？

A：コーヒーを入(い)れましょうか。／要不要來杯咖啡？

B：すみません、お願(ねが)いします。／不好意思，麻煩你了。

「コーヒー／お茶(ちゃ)を入(い)れましょう」的「入(い)れます」有「作(つく)ります（製作）」的意思，不只是單純的「倒」的意思。

11月21日

明るい色がいいです。／要亮一點的顏色。

A：明るい色がいいです。／要亮一點的顏色。

B：こちらでよろしいですか。／這個可以嗎？

「～がいいです。」有想要～、喜好～的意思，可聽出說話者的意願。

11月22日

ちょっと顔に合いませんね。／跟臉搭不起來。

A：きてみますか。／要試穿嗎？

B：うん、ちょっと顔に合いませんね。／嗯，跟臉搭不起來。

「（動詞て形）＋みます」其意思為「想要嘗試～」、「試著做～看看」。

11月23日

Mサイズがありますか。／有M尺寸嗎？

A：Mサイズがありますか。／有M尺寸嗎？

B：はい、ございます。／有的。

「ございます」翻為「有」的意思，是下對上及對於顧客使用。

11月24日

よく似合いますね。／很適合你耶。

A：よく似合いますね。／很適合你耶。

B：じゃ、これにしましょう。／那麼，就這個吧！

「よく～」有以下幾種用法，「よく日本へ行きます（經常去日本）」表頻率，「よくわかります（完全了解）」表程度，「よく働いてくれました（很努力地工作）」表感動，「よく日本語を上手に使えますね（日語說得很棒耶）」表驚奇，「そんなことよく言えますね（老是說那種事）」表責備。

11月25日

友達のうちへ行く前に電話をしてください。/去朋友家之前，先撥個電話。

A：友達のうちへ行く前に電話をしてください／去朋友家之前，先撥個電話。

B：はい、わかりました。／好，知道了。

「A（動詞辭書形）まえにB」為做A前先完成B的意思。

11月26日

玄関で必ず靴を脱ぐことですね。/在門口一定要脱鞋。

A：日本人の家に入るときに注意しなければならないことは何ですか。／進入日本人家之前需注意什麼？

B：玄関で必ず靴を脱ぐことですね。／在門口一定要脱鞋。

「（動詞辭書形）とき」～之時。日本的房屋構造中內部幾乎是有挑高的，這是為了有內、外之分而設計的，因此進入前會在玄關處脱鞋，禮節上脱了鞋之後，要將你的鞋子朝向門口放置（方便回去時穿鞋）。

お邪魔（じゃま）します。／打擾了。

A：どうぞお入（はい）りください。／請進。

B：お邪魔（じゃま）します。／打擾了。

如果是到別人家做客時可說「お邪魔（じゃま）します」，面試時可說「失礼（しつれい）します」，看醫生等時可說「こんにち（あいさつ言葉）」。

11月28日

どうぞ気楽（きらく）に。正座（せいざ）しなくてもいいですよ。／請放鬆，不用跪坐也沒關係。

A：どうぞ気楽（きらく）に。正座（せいざ）しなくてもいいですよ。／請放鬆，不用跪坐也沒關係。

B：はい、すみません。／好的，不好意思。

「正座（せいざ）」為跪坐，一般外國人無法長時間跪坐，這時日本人都會請你放輕鬆不用太拘束。

11月29日

駅で待ち合わせしましょうか。／在車站等吧！

A：駅で待ち合わせしましょうか。／在車站等吧！

B：そうですね。何時ですか。／好啊！幾點呢？

「待ち合わせ」有雙方互約於某處等待、見面之意，前面接地點時用「で」來表現，而接人物時用「と」。

11月30日

約束の時間に間に合いませんでした。／趕不上約定的時間了。

A：約束の時間に間に合いませんでした。／趕不上約定的時間了。

B：どうしましょうか。／那該怎麼辦？

「～に間に合いません」，可譯：有來不及～、沒趕上～，若用在交通工具上，就是翻成沒趕上（交通工具）。不過提醒你，與日本人有約時，盡量提早5～10鐘到達。

12月01日

クリスマスやお正月準備(しょうがつじゅんび)など主婦(しゅふ)にとって忙(いそが)しい時期(じき)ですね。/聖誕節、準備過年等，對家庭主婦來說是非常忙碌的時期呢。

A：早(はや)いもので今日(きょう)から十二月(じゅうにがつ)ですね。／好快，從今天起就進入12月了。

B：クリスマスやお正月準備(しょうがつじゅんび)など主婦(しゅふ)にとって忙(いそが)しい時期(じき)ですね。／聖誕節、準備過年等，對家庭主婦來說是非常忙碌的時期呢。

「名詞にとって」對～而言、對～來說。如：「お母(かあ)さんにとって」可翻成對媽媽而言。

12月02日

うちもすっかり洗濯物(せんたくもの)がたまってしまいました。/我家的待洗衣物也一堆了。

A：この一週間雨(いっしゅうかんあめ)で洗濯(せんたく)ができなくて困(こま)っています。／這個禮拜因為下雨無法洗衣服真是困擾。

B：うちもすっかり洗濯物(せんたくもの)がたまってしまいました。／我家的待洗衣物也一堆了。

「すっかり」（副詞）1.「完全～」。例：「すっかりわすれました」（完全忘記了）。2.「已是～」、「完全是～」。例：「すっかり春(はる)だ」（已經是春天了）。

12月03日

朝晩（あさばん）は冷（ひ）えるらしいですよ。／早晩都有點涼了。

A：朝晩（あさばん）は冷（ひ）えるらしいですよ。／早晚都有點涼了。

B：東京（とうきょう）は今年（ことし）も雪（ゆき）が降（ふ）るでしょう。／東京今年會下雪吧！

「～でしょう」「～かもしれない」都翻成「應該～」，兩者皆為機率上的猜測，不同的是「～でしょう」實現機率較大，而「～かもしれない」機率較小。

12月04日

すしの出前（でまえ）でも頼（たの）みましょう。／要不要叫外送壽司呢？

A：雨（あめ）の日（ひ）は買（か）い物（もの）に行（い）きたくないですね。／下雨天不想出去買東西。

B：すしの出前（でまえ）でも頼（たの）みましょうか。／要不要叫外送壽司呢？

「出前（でまえ）」及「デリバリー」皆為外送的意思，「出前（でまえ）」用在和風食物上像拉麵、壽司等，「デリバリー」則是西式的食物，如披薩。

降(お)りますが、積(つ)もるほどの雪(ゆき)はあまりないでしょう。／會下啊！但不到會積雪的程度。

A：東京(とうきょう)に雪(ゆき)が降(お)りますか。／東京會下雪嗎？

B：降(ふ)りますが、積(つ)もるほどの雪(ゆき)はあまりないですね。／會下啊！但不到會積雪的程度。

日本下雪時有撐傘的人，也有不撐傘的人。東北地區、北海道等溫度低雪大的地方反而撐傘的人少，東京及其他地方雪少溫度也比東北高，下雪時撐傘的人反而多，原因在於雪下來後融解的速度。東北、北海道溫度低雪不會馬上融化，所以進屋前拍一拍就行，而東京下的雪由於氣候關係偶而參雜一些雨，融化快容易弄溼衣物。

そろそろ、冬(ふゆ)のボーナスが出(で)ますね。／年終獎金差不多要發了吧！

A：そろそろ、冬(ふゆ)のボーナスが出(で)ますね。／年終獎金差不多要發了吧！

B：もう随分前(ずいぶんまえ)から楽(たの)しみにしていますよ。／我已期待許久。

日本除了月薪外，每年於夏季（6月30日）及冬季（12月10日）都各有一次的獎金。

12月07日

ポーナスを全部(ぜんぶ)女房(にょうぼう)に渡(わた)しました。／把年終獎金全交給老婆了。

A：ボーナスを全部(ぜんぶ)女房(にょうぼう)に渡(わた)しました。／把年終獎金全交給老婆了。

B：しょうがないですよ、給料(きゅうりょう)は直接銀行(ちょくせつぎんこう)に振(ふ)り込(こ)まれますから。／沒辦法！現在都直接匯進戶頭了。

「（對象）に渡(わた)します」交給，如：「先生(せんせい)に渡(わた)します」交給老師。「～を渡(わた)します」渡過、過，如：「信号(しんごう)を渡(わた)します」過紅綠燈。

12月08日

ローンを返済(へんさい)したり、貯金(ちょきん)したりします。／用在還貸款、存錢等。

A：ボーナスを何(なに)に使(つか)いますか。／年終獎金要如何使用？

B：ローンを返済(へんさい)したり、貯金(ちょきん)したりします。／用在還貸款、存錢等。

根據統計日本人拿到獎金後，都是以還貸款或存進銀行為主，其次才是旅遊、投資等其他用途。

うちの子(こ)は今年(ことし)もお年玉(としだま)を楽(たの)しみにしているみたいです。／我們家的小孩今年也非常期待壓歲錢呢！

A：うちの子(こ)は今年(ことし)もお年玉(としだま)を楽(たの)しみにしているみたいです。／我們家的小孩今年也非常期待壓歲錢呢！

B：えっ、もう高校生(こうこうせい)じゃないですか。／咦，不是已經是高中生了嗎？

在日本據調查約有3成的民眾認為小學前的小孩對金錢較無概念，所以給壓歲錢是無意義的，取而代之的是送玩具或小點心之類的東西。

兄弟(きょうだい)が多(おお)すぎて、お年玉(としだま)はお互(たが)い無(な)しって決(き)めました。／家裡兄弟姊妹多，已決定彼此誰也不包給誰。

A：兄弟(きょうだい)が多(おお)すぎて、お年玉(としだま)はお互(たが)い無(な)しって決(き)めました。／家裡兄弟姊妹多，已決定彼此誰也不包給誰。

B：子供(こども)がかわいそうですね。／這樣小孩好可憐喔。

和台灣一樣日本人也會給紅包。但也有因為兄弟姐妹很多，彼此的小孩也多，所以就有說好誰也不用包給誰的情形。

12月11日

去年のお年玉の出費は痛かったです。
／去年的紅包大失血。

A：去年のお年玉の出費は痛かったです。／去年的紅包大失血。

B：まあ～学生時代にもよくもらったじゃないですか。／沒關係啦！學生時代也拿不少了吧！

「出費は痛い」意思為用掉許多錢、支出大等，用來形容說話者因那筆支出而感覺不捨、心痛。

12月12日

お歳暮は何がいいと思いますか。／歲末年節禮盒該買什麼呢？

A：お歳暮は何がいいと思いますか。／歲末年節禮盒該買什麼呢？

B：わたしは商品券やギフト券がいいなあ。現金感覚で使えますから。／我覺得禮券比較好，使用起來像現金一樣。

贈送歲末年節禮盒的時間為12月13日到20日之間，最近對於平日受照顧的人會有提早贈送的傾向，像關西地方的人會提前在11月底。

今年のお歳暮は私が選ぶのではなく、ギフトカタログにしようと思います。／今年不自己選歲末年節禮盒，我打算寄禮品目錄過去就好。

A：今年のお歳暮は私が選ぶのではなく、ギフトカタログにしようと思います。／今年不自己選歲末年節禮盒，我打算寄禮品目錄過去就好。

B：それはいいですね。／那好棒耶。

不論婚喪喜慶所需的禮品都能透過禮品目錄選擇，禮品公司會將禮品目錄送至指定的人手上，再由當事人選擇自己所想要的東西，是一項非常貼心的服務。

頂いた側はお礼状をちゃんと出さないとしつれいですよ。／拿到的一方要回寄感謝函較爲禮貌。

A：お歳暮をもらった時どうすればいいですか。／拿到歲末年節禮盒時該怎麼辦。

B：頂いた側はお礼状をちゃんと出さないと失礼ですよ。／拿到的一方要回寄感謝函較為禮貌。

如果收到年節禮盒時不要急著回禮，正確的做法是寫一張帶有感謝之意的回函或一通電話也可以。

12月15日

年末掃除(ねんまつそうじ)に忙(いそが)しいですね。/大掃除好忙喔。

A：年末掃除(ねんまつそうじ)に忙(いそが)しいですね。／大掃除好忙喔。

B：一日(いちにち)に何度(なんど)も洗濯機(せんたくき)を回(まわ)したりして、干(ほ)したりして疲(つか)れました。／一天下來忙於洗衣服、曬衣服，好累。

在日本洗好的衣物想曬屋外，但又不敢曬的原因之一為花粉，日本每年很多人都被花粉症困擾，所以就算艷陽高照也會有將衣物曬在屋內的情形。

12月16日

洗濯物(せんたくもの)たくさん洗(あら)いすぎて干(ほ)すのが、大変(たいへん)ですよ。/洗太多衣服，曬的很辛苦。

A：洗濯物(せんたくもの)たくさん洗(あら)いすぎて干(ほ)すのが大変(たいへん)ですよ。／洗太多衣服，曬的很辛苦。

B：大変(たいへん)なんですけど、洗濯物(せんたくもの)からお日様(ひさま)の匂(にお)いがしますよ。／雖然累但是有被太陽曬過的味道喔！

不只是台灣，日本人也喜歡衣服、棉被等被曬過的味道，有一股溫暖又舒適的感覺。中文是「有太陽的味道」而日文則是「お日様(ひさま)の匂(にお)いがします」。

12月17日

家(いえ)の隅々(すみずみ)まで掃除(そうじ)することができました。/把家裡的每一處都掃過了。

A：家(いえ)の隅々(すみずみ)まで掃除(そうじ)することができました。／把家裡的每一處都掃過了。

B：一年間(いちねんかん)の汚(よご)れを取(と)ることができてすっきりしましたね。／除掉一年的骯髒環境真舒暢。

一年一度的過年家家戶戶大掃除是一般的想法，不過日本大掃除也有一些禁忌，像避免在29日打掃因為「9」的讀音跟「苦」一樣。

12月18日

湿布(しっぷ)をはってあげましょう。/要不要幫你貼個痠痛藥膏？

A：家事(かじ)が済(す)みましたが、体(からだ)のあちこち痛(いた)みが取(と)れません。／家事忙完了，但身體到處痠痛。

B：湿布(しっぷ)を貼(は)ってあげましょうか。／要不要幫你貼個痠痛藥膏？

「湿布(しっぷ)」一詞看似中文的溼布，但其實是痠痛貼布的意思。日文中有許多漢字是無法與中文直接做連結的，使用時記得先查查看字典喔。

12月19日

冬至(とうじ)には、柚子湯(ゆずゆ)に入(はい)り、かぼちゃを食(た)べる風習(ふうしゅう)があります。／冬至有泡柚子澡、吃南瓜等的習俗。

A：冬至(とうじ)には、柚子湯(ゆずゆ)に入(はい)り、かぼちゃを食(た)べる風習(ふうしゅう)があります。／冬至有泡柚子澡、吃南瓜等的習俗。

B：体(からだ)によさそうですね。／感覺對身體不錯耶。

「～にいいです」對～好。如「体(からだ)にいいです」對身體好，「健康(けんこう)にいいです」對健康好，而相反的用法是「～悪(わる)いです」。

12月20日

冬至(とうじ)には柚子湯(ゆずゆ)の日(ひ)を設(もう)けている銭湯(せんとう)があると聞(き)きましたよ。／聽說有一些澡堂會在冬至時開放柚子澡。

A：柚子湯(ゆずゆ)に入(はい)りたいんですが、湯船(ゆぶね)がなくて入(はい)れません。／想泡柚子澡但沒有浴缸。

B：冬至(とうじ)には柚子湯(ゆずゆ)の日(ひ)を設(もう)けている銭湯(せんとう)があると聞(き)きましたよ。／聽說有一些澡堂會在冬至時開放柚子澡。

柚子澡並不是哪一個澡堂都有，但只有這個季節才有的柚子澡許多澡堂是有設立的，尤其是在冬至這一天。

冬至(とうじ)に食(た)べ物(もの)といえば、かぼちゃが定番(ていばん)ですね。／說到冬至的食物就想到南瓜。

A：冬至(とうじ)に食(た)べるものといえば、かぼちゃが定番(ていばん)ですね。／說到冬至的食物就想到南瓜。

B：昔(むかし)から、かぼちゃを食(た)べると風邪(かぜ)をひかないという説(せつ)がありますね。／從以前就聽說吃南瓜可以預防感冒。

日本從以前開始就流傳冬至要吃南瓜及泡柚子湯，南瓜含有豐富維他命A對眼睛及身體非常好，所以吃南瓜比較不容易中風等傳言也就傳開來了。

昨夜(さくや)柚子湯(ゆずゆ)に入(はい)ったら、いい香(かお)りが漂(ただよ)ってきて、体(からだ)もポカポカしてきました。／昨晚泡柚子澡，香味陣陣飄來身體都暖和起來了。

A：昨夜(さくや)柚子湯(ゆずゆ)に入(はい)ったら、いい香(かお)りが漂(ただよ)ってきて、体(からだ)もポカポカしてきました。／昨晚泡柚子澡，香味陣陣飄來身體都暖和起來了。

B：その香(かお)りで一日(いちにち)の疲(つか)れが取(と)れそうですね。／那種香氣感覺能將一日的疲勞都消除呢。

以前的人認為冬至泡柚子湯可預防感冒，現在經研究發現柚子的香氣可以放鬆身心、皮的部份可以保護肌膚等，一方面他們也認為柚子的香氣可以除邪氣、淨化心靈。

12月23日

新年の挨拶はメールで済ませたいんですが……。／新年的問候想透過電子郵件就好。

A：新年の挨拶はメールで済ませたいんですが……。
／新年的問候想透過電子郵件就好。

B：いや、もらう方の気持ちを考えると、やはり年賀状のほうがうれしいのではないでしょうか。
／不好吧，以收到的一方來看，還是實實在在地收到明信片比較高興。

現代人由於忙碌，過年問候用的賀年卡已不盛行，取而代之的是用電子郵件或電話，其實在日本還是蠻多人會在一年一度的過年期間寫一張明信片問候一下師長、親朋好友。

12月24日

年賀状が一月一日に届くために、いつまでに郵便局に出さなければなりませんか。／賀年卡如果要1月1日送到，要在什麼時候寄出？

A：年賀状が一月一日に届くためには、いつまでに郵便局に出さなければなりませんか。／賀年卡如果要1月1日送到，要在什麼時候寄出？

B：十二月二十五日だそうですよ。／聽說是12月25日。

在日本有一個非常貼心的服務，那就是在1月1日當天清晨你就會統一收到別人寄給你的賀年明信片，當然這麼貼心的制度也是需要民眾配合。那就是若你有要想寄給別人賀年卡必須在郵局規定的時間內送到，一般都是12月25日以前。

12月25日

自分(じぶん)でクリスマスケーキを焼(や)いていますか。／自己烤聖誕節蛋糕嗎？

A：自分(じぶん)でクリスマスケーキを焼(や)いていますか。／自己烤聖誕節蛋糕嗎？

B：ええ、料理教室(りょうりきょうしつ)で習(なら)ったことがあるから、やってみたかったんです。／是啊！在料理教室學過，早就想試試了。

聖誕節雖然不是日本的傳統節日，但過節的氣氛非常濃。尤其在大都市中，更能感受聖誕節的氛圍。

12月26日

お正月飾(しょうがつかざ)りの準備(じゅんび)をしないといけないですね。／要趕緊準備裝飾過年的東西了。

A：お正月飾(しょうがつかざ)りの準備(じゅんび)をしないといけないですね。／要趕緊準備裝飾過年的東西了。

B：あっ、そうですね。／啊，是啊！

12月29日是「苦待(くま)つ」（等待苦）的意思不吉祥，而31日又稱為只有「一夜飾(いちやかざ)り」（掛一天）誠意不夠，故26日以後開始裝飾較為一般。若是真的忘記至少在30日當天，將過年飾品擺上。

12月27日

これ、お一人様ようの、小さいバージョンのお正月飾りです！／這個是針對一個人生活的人所設計的小型年節裝飾品。

A：これ、お一人様ようの、小さいバージョンのお正月飾りです！／這個是針對一個人生活的人所設計的小型年節裝飾品。

B：わあ～、とてもかわいいですね。／哇！好可愛。

一般的過年用飾品是有一定的大小，對於單身的人因為東西太多吃不完或是飾品太大都是一種困擾，所以貼心的業者有研發小型個人用的尺寸，非常方便又可愛。

お正月にどんな料理を出しますか。／過年會端出什麼料理？

A：お正月にどんな料理を出しますか。／過年會端出什麼料理？

B：うん、おせち料理を作るつもりです。／嗯，打算做年菜。

跟台灣一樣日本也有年菜，當然每種年菜所代表的意義也不一樣，但稍微不同的是日本的年菜中有些是平常不太吃的，所以維持只有過年期間才有的豐盛，吃起來格外特別。

12月29日

お雑煮(ぞうに)に何(なに)を入(い)れますか。／雜煮都放些什麼？

A：お雑煮(ぞうに)に何(なに)を入(い)れますか。／雜煮都放些什麼？

B：大根(だいこん)、ニンジン、豚肉(ぶたにく)、お餅(もち)ぐらいのものですね。／白蘿蔔、紅蘿蔔、豬肉、年糕等。

雜煮是日本過年時傳統的料理之一，目的是乞求一年無災。所放的材料並無統一，唯一共同的是會放入麻糬。麻糬對日本人而言，是在有值得慶祝的事時會吃的一種較為喜氣的食物。

12月30日

年越(としこ)しそばは夕食(ゆうしょく)にしてたべているものですか。／過年吃的蕎麥麵是當晚餐吃的嗎？

A：年越(としこ)しそばは大晦日(おおみそか)の夕食(ゆうしょく)にして食(た)べるものですか。／過年吃的蕎麥麵是當晚餐吃的嗎？

B：いいえ、夜食(やしょく)にしてたべるものじゃないですか。／不，是當作宵夜。

過年吃的蕎麥麵被認為是從江戶時代就開始的習俗，麵條細細長長的，代表壽命長長久久的意思。

12月31日

除夜(じょや)の鐘(かね)を聞(き)くと心(こころ)が清(きよ)らかになりそうですね。／聽說聽除夕夜的鐘聲可以洗滌心靈。

A：除夜(じょや)の鐘(かね)を聞(き)くと心(こころ)が清(きよ)らかになりそうですね。／聽說聽除夕夜的鐘聲可以洗滌心靈。

B：この一年(いちねん)何(なに)か悪(わる)いことでもしたんですか。／你這一年有做過什麼壞事嗎？

日本人相信人有108個煩惱所以在除夕夜當天開始敲鐘，藉由敲鐘將人的煩惱一個一個敲掉，最後一聲則在1月1日凌晨0點。

國家圖書館出版品預行編目資料

每天學1句生活日語會話／林亭瑜等編著.
--初版--.--臺北市：書泉，2013.07
面； 公分
ISBN 978-986-121-837-3（平裝）
1.日語 2.會話
803.188 102010069

3A97

每天學1句生活日語會話

發行人— 楊榮川
總編輯— 王翠華
編 著— 林亭瑜、林武明、陳美惠、黃麗芬
主 編— 朱曉蘋
封面設計— 董子琭
出版者— 書泉出版社
地 址：106台北市大安區和平東路二段339號4樓
電 話：(02)2705-5066 傳 真：(02)2706-6100
網 址：http://www.wunan.com.tw
電子郵件：shuchuan@shuchuan.com.tw
劃撥帳號：01303853
戶 名：書泉出版社
總經銷：朝日文化事業有限公司
電 話：(02)2249-7714FAX 傳 真：(02)2249-8715
退貨地址：新北市中和區橋安街15巷1號7樓
法律顧問 林勝安律師事務所 林勝安律師
出版日期 2013年7月初版一刷
定 價 新臺幣250元